本书受到上海市东方英才计划青年项目（QNJY2024093）的资助

任帅军生活与文学系列丛书

宋贤杰 主编

诗性智慧

任帅军 著

天津出版传媒集团

天津人民出版社

图书在版编目（CIP）数据

诗性智慧 / 任帅军著. -- 天津 ：天津人民出版社，
2025. 3. --（任帅军生活与文学系列丛书 / 宋贤杰主编
）. -- ISBN 978-7-201-20688-2

Ⅰ. I227

中国国家版本馆 CIP 数据核字第 2024S4U976 号

诗性智慧
SHIXING ZHIHUI

出　　版	天津人民出版社	
出 版 人	刘锦泉	
地　　址	天津市和平区西康路35号康岳大厦	
邮政编码	300051	
邮购电话	（022）23332469	
电子信箱	reader@tjrmcbs.com	
责任编辑	王佳欢	
封面设计	汤　磊	
印　　刷	天津新华印务有限公司	
经　　销	新华书店	
开　　本	710毫米×1000毫米　1/16	
印　　张	19.25	
插　　页	2	
字　　数	120千字	
版次印次	2025年3月第1版　2025年3月第1次印刷	
定　　价	88.00元	

总　序

我在2018年春与任帅军相识并开始交流。他是一个非常阳光,特别热爱生活的年轻人。对于上进的年轻人,我总是忍不住想要帮助他们做点儿事情。与帅军深入交往后,我才发现他喜欢写东西,还坚持不懈地写了十几年。我很佩服他,但同时也产生这些文学作品以后若能出版会很有价值的想法。想不到,多年以后,他把我当初的这个想法付诸实践,并热情地邀请我当他这套丛书的主编。我既惊又喜,对他有勇气出版这套丛书表示支持;但我感觉当不了这个主编,还得另请高人才能提升这套丛书的社会影响力。可是终究架不住帅军几番热情相劝,我只能出来"冒个泡"了。

呈现在读者面前的任帅军生活与文学系列丛书:《大学哲思》《守望人生》《见证亲情》《复旦心语》《诗性智慧》《龙门之跃》,集结了帅军老师从求学到工作期间对大学教育的若干思考,体现出他自强不息的人生奋斗历程。自觉构建全员全程全方位的育人大格局,离不开高校通识教育与校园文明建设的互动。本丛书围绕实现大学生成长成才的育人目标,从不同主题和

1

文学体裁入手,思考高校通识教育的现实落脚点,呈现帅军对落实高校立德树人根本任务的一些想法和做法。

《大学哲思》是一部以"大学"为关键词,从若干大学故事的讲述中引发哲理思考的作品集。它有鲜明的创造特点和主题思想,集中体现在两个方面:第一,从学生到教师,作者对大学进行双重视角的审视。从学生视角看大学,大学被披上了一层温情的面纱。被誉为象牙塔的大学,为千万学子提供了求知和深造的机会,成为他们一生中最独特,也最难以忘怀的一段经历。随着审视的角度由学生到教师的转换,对大学的认识不经意间就发生了变化。由感性的情感表达,到理性的哲理思考,对大学内涵的探究也随之变得丰富宽广,学生情结也随之变成人文情怀,把大学作为一种追问人的存在的生活方式的认识就得以确立。第二,从北方到南方,作者对大学进行地域变动的审视。地域对一个人的影响是潜移默化的。北方大学的粗犷、直率,与南方大学的细腻、含蓄,自然是不一样的。南北差异反映到一个人的求学历程中,必然会在这个人的成长过程中留下深深的印痕。从对"学而优则仕"的追求,到对"自省、修身、审美人生"的认识,对大学的认知就经历了从外在到内在、从学习书本知识到认识自身的转变,从而达到了陶冶人、熏陶人的效果。对大学的认知不同,取得的收获就不同,《大学哲思》可以给人带来对大学不一样的认知和思考。

《守望人生》从对人生的思考切入,通过记录和反思,形成了守望人生的作品集。它的核心思想是,引导人通过认识自己展开和实现人生价值。首先,人是通过人生经历来认识自己的,这是人生在世的智慧。人生对于任何人来说都是独一无二的,但未必每个人都能够意识到人生的重要性。自省使人时刻保持清醒,在修身养性中人才能获得成熟的状态,在自我塑造中才能创造出人生的审美境界。人的一生会遇到各种问题和挑战，只有对人生保持一种清醒的认识，才会有意识地作出选择，通过所选择的行为塑造人生。其次，对人生的探寻需要与对爱的思考相结合。很多哲学和宗教观点都认为，人是通过爱活在这个世界上的，也是通过爱面对生活于其中的这个世界的。对人生进行发问，其实在很大程度上是对人生是否值得爱与被爱进行发问。在很多人看来，爱是人生最重要、最根本的问题。守望人生，就是在守望人生中的爱。爱与被爱，让人感到愉悦、满足和幸福，感到人生有目标、有意义，感到实现了人生价值。在爱中获得成长、在爱中活出人生，都是为了让人在这个世界上更好地活着。然而对人生的理解不同，人生的展开过程就不同，对人生的审美也随之不同。这就需要获得人生在世的智慧。守望人生中的智慧，是本作品集的一大特色。它告诉人们，人生既漫长又短暂，需要欣赏且珍惜。

《见证亲情》饱含了作者对亲情的思考，把人性中最动人的一面呈现出来，可以将之视为描写千万中国人生活百态的作品集。它想要表达两个主题：一是书写创伤，二是书写苦难。一方面，化创伤为前行的动力。在中国，男人在家庭里面大多是顶梁柱。男人的早逝意味着一个家庭的崩溃。遭遇变故的人，最能体会其中的伤痛。把受到的伤害体验写出来，把普通人受创的反应表达出来，不是为了往伤口上撒盐，而是为了揭开伤口的千疮百孔，让人能够直面挫败，正视人性。这是对生命、死亡的直视。创伤会对生活造成压抑，会使心理产生焦虑，对普通人来说，会造成身心方面的沉重打击。这就需要对创伤进行思考，使人有能力走出阴影。以创伤为创作主题，体现了对个体生命的悲悯和慈爱。另一方面，在苦难中见真情。对苦难的肯定和描写，不是为了博取同情，更不是惧怕苦难，而是展示身处苦难中的人，如何守护人性中的良善,如何克服生活中的困难,如何改变无法撼动的现实。正视苦难,是将同情与悲悯的目光转向芸芸众生,从他们身上审视生命的脆弱、灵魂的无助,正视和反思自己身上的不足,进而改变自己,成为一个真正大写的人。

"复旦"二字,取自《尚书大传·虞夏传》里的名句"日月光华,旦复旦兮"。这句话的大意是,日月的光辉,日复一日,敦促莘莘学子追求光明、自立勤奋、自力更生、自强不息。《复旦心语》这本作品集以复旦大学师生为关注对象,讲述他们在求知中追寻意义的一些故事。对于个体而言,每个人都在探索自己生命的意义,体会生命的价值。要想在求知中学有所成,就必须去追求,使自己每一天都有一些心灵的启示与智慧的增长,每一天都对这个世界有一些回馈和奉献。《礼记·大学》里的"苟日新,日日新,又日新"就是这个意思。记录在复旦大学求学的历程,不是将它作为可以炫耀的"资本",也不是将它作为人生的"装饰品",更不是将它作为求职的"敲门砖",而是将它作为悟生活之道的"精神场域"、求一技之长的"育人园地"、立人生志向的"心灵港湾"。这就是复旦大学对一个人的影响。它使人认识到,人就是应该具备一种敢于拼搏,不怕苦、不怕累、不怕付出的大无畏精神;具备一种追求真知、敢为人先的勇气;还要具有一种勇往直前、愈挫愈勇、百折不挠的信心。因此,可以将《复旦心语》看作记录作者在求知过程中表达一种精神上的熏陶、一种与真理为友的作品集。

诗歌从来就是能登大雅之堂的文学形式。首先,诗歌里的"雅"具有多重意境。首先,"雅"是志向的一种表达。诗歌的语言既是抽象的,用较为抽象的语言表达作者对大千世界的看法;又是具象的,生动形象地表达作者的丰富情感,让人一读就马上心领神会。《诗性智慧》用春·生、夏·长、秋·收、冬·藏、你·我·他、诗意生活来言志、来抒情,鲜明地展示出诗歌的这一特性。其次,"雅"是对光明的向往和对理想世界的追求。在普通人眼里,春夏秋冬只是四季的交替轮换。可是在这本作品集里,春夏秋冬被寄寓了不同的情感——春夏秋冬不是要表达作者对季节的适应,也不是要表达作者对季节的留恋,更不是要表达作者对季节的拥抱,而是要表达作者对季节的反思、对季节的冲破、对季节的塑造。就像英国浪漫主义诗人雪莱歌颂云雀,不是歌颂留恋家园的云雀,而是歌颂蔑视地面、云游苍穹的云雀。不管是云雀,还是春夏秋冬,都不纯然是自然界的事物,而是作者自我的一种理想表达或理想的自我形象,表达了作者对光明的向往和对理想世界的追求。最后,"雅"是对人间疾苦的观照。雅不是俗的对立面,是对俗的认知和超越。所谓"大雅即大俗",就是大众普遍接受了雅。本作品集对现实生活的关注,你·我·他和诗意生活从日常生活的真情实感中生发出诗意和爱,无不饱含了作者对现实的人的深情关怀和对人性真善美的不渝追求。因此,《诗性智慧》值得大家一读。

小说是文学写作中较难把握的一种体裁,它要求在创作上有清晰的主旨思想,在艺术表现手法上有独特的叙事模式,在语言特色上有鲜明的行文风格,在人物形象塑造上有代表性,等等。以《龙门之跃》命名的作品集中包含长篇小说《龙门之跃》和中篇小说《媳妇飞了》,力图呈现小说的基本要素。这两部小说都以改革开放以来农村社会的变迁为主题,揭示广大农村社会融入现代化的历史进程中所呈现的种种问题,以此引起社会的关注和人们的反思。在叙事模式上,这两部小说均采用"迷茫—引导—改变—受挫—感悟—成长"的叙事逻辑结构,把农村人的性格特征呈现出来。人物形象在极为复杂的特质中,呈现出立体饱满的感觉。故事中人物的命运并非都是线性的发展。虽然他们承受了诸多苦难,但能从他们身上感受到浑厚的生命力。小说的基调总体而言是昂扬向上的,体现了人文主义的情感关怀。这种对人的直视,并不刻意回避人性中的弱点和生活中的丑陋。对现实的不满反过来更加促使人反思自己的不足,达到对所谓命运的超越。由于作者独特的人生经历,无论是《龙门之跃》还是《媳妇飞了》,都离不开对命运抗争的描写和对生命意义的追问。正如希腊德尔菲神庙大门上镌刻的阿波罗神谕:"人啊,你不是神。认识你自己!"认识自己,可以从阅读这部作品的两个故事开始。

以上感悟,是我阅读任帅军老师的作品后的一些不太成熟的看法,还请各位专家同行批评指正。

上海大学为任帅军老师提供了新平台。来到这里,站在人生的新起点,我相信他会把握住当下,通过创造人生的新气象来获得人生的全新意义,并在享受当下的过程中感同身受地体验作为学者的生命意义。作为他人生路上的重要家人,我为本丛书的出版感到高兴,也希望他能获得更好的人生。

是为序。

宋贤杰

复旦大学

2025 年春

前　言

　　呈现在读者面前的丛书包括:《大学哲思》《守望人生》《见证亲情》《复旦心语》《诗性智慧》《龙门之跃》,是我从2007年开始写作,断断续续,一直持续到2024年春节,整理出来的六部书稿。

　　这么多年来,在用文字记录生活方面,我虽然一直坚持着,但是从未奢望将它们公开出版。本丛书主编宋贤杰教授在几年前提出了让我出书的建议,这令我备受启发。当我萌生这个想法后,时光流逝,出书的执念不仅没有跟着消逝,而且越来越强烈了。既然要鼓起勇气做这件事,索性就认真对待,把这些年的文字好好整理一下,争取早日与大家见面。我执意邀请宋教授作为这套丛书的主编,这也是对他热心提携我这个后辈的一点儿微不足道的回报。

　　要问我为什么会有写随笔的习惯,还得从我的求学经历开始说起。2007年的秋天,我来到上海大学攻读法学理论专业的硕士研究生。上海的生活打开了我的眼界,促使我不断地反思自己,反思我的家庭和以前的生活环境。于是,我将自己在求学阶段的所思所想记录了下来。我当时没有想到,这种随手记录的习惯,竟然持续了这么长的时间。

一开始,我只是对文学抱有好感,用文字来慰藉我脆弱的心灵,逐渐发展到这种"文字涂鸦"成为我的一种重要的生活方式,再到我用文字交了很多知心朋友,这些文字也成为我的心灵朋友,直到最后,我萌生了一个想法——想要给它们找一个理想的归宿。经过这么多年的积累,已经形成百万字的书稿。我把它们按照体裁和主题分门别类,共形成了六部作品。

散文形式的《大学哲思》,记录了我从2007年以来,在上海大学、杭州师范大学、复旦大学等地求学或工作期间,在高校学习和生活的所感所悟。这本书按照不同主题分为九个部分。"大学生活"记录了我对大学生活的认知和反思;"大学亲证"写出了我的求学感悟,以及我在求学的过程中形成的学生情结;"大学留痕"记录了我求学时的生活方式和生活习惯;"大学友人"里面的好友都不是千篇一律的人,都有各自鲜明的性格特征;"身边伟人"讲述了钱伟长如何走入我的生活世界,以及对我的影响;"上大岁月"讲述了我在硕士和博士阶段求学时,对上海大学的感情;"读书生活"里面的心得体会,记录了求学阶段对我产生很大影响的各类名著;"影中世界"里面的故事,陪伴了我孤独的求学旅程;"音随我动"里面的歌曲,陶冶了我的性情。凡有所学,皆成性格。我的性格养成的秘密,就隐藏在这些文字当中。

散文形式的《守望人生》,记录了我在高校求学期间展开和实现人生价值的若干思考。这本书按照不同主题分为十个部分。"志愿人生"讲述了我从本科开始一直到现在,从事志愿活动的切身感受;"为心而生"通过关注心灵与人生的关系,探讨一个人如何才能使人生获得力量的问题;"反思人生"告诉我们,人生之路充满坎坷,只有学会反思,才能真正获得人生的意义;

"人生冷暖"通过呈现人生中的酸甜苦辣咸,让每个人都能回首自己的人生;"人生价值"直面"人生在世"的核心问题;"人生故事"通过记录好友的人生片段,把我生命中的点滴温暖留存在故事里面;"人生哲理"就是要破解如何才能使人生、生命有滋有味的问题;"十二生肖中的人生"记录了我人生中的一个完整的十二年;"人与社会"把人放到社会中,又通过讨论一些社会问题来探寻人应当展现出来的一种追求姿态;"人在旅途"记录了我为数不多的旅游感受。人生需要守望,守望的本质是回答人如何才能更好地活着的问题。守望人生的智慧,就隐藏在这些文字当中。

散文形式的《见证亲情》,记录了我如何通过求学、拼搏和经营,一步一步地改变自己和家人的命运。这本书按照不同主题分为九个部分。"父亲"讲述了我父亲短暂的一生,他虽英年早逝,却给我们留下了宝贵的精神财富;"母亲"讲述了我的母亲承受了常人难以忍受的苦难,在极为困难的情况下为三个儿子成家立业努力拼搏的故事;"大弟"讲述了任帅勇在外打拼的故事;"小弟"讲述了任帅超略带传奇色彩的成长故事;"身边的亲情"是对老家亲情的一种记录和留念;"我的素描"讲述了独一无二的、特立独行的我的故事;"故里亲情"写的都是发生在老家的事情,是对往昔的追忆,也是对时代变迁的一种记录;"我的家乡"里有对家乡特色的描写,也在这种讲述中思考家乡的发展;"津津"记录了我儿子任薪泽的出生,带给我与妻子和家人的快乐和幸福。世间情感有千万,唯有亲情永相伴。我的成长离不开亲情的浇灌。亲情对我的影响,就隐藏在这些文字当中。

杂文形式的《复旦心语》,记录了我从2015年5月以来在复旦大学做博士后期间,这所学校对我的学术成长和生活感悟的影响。这本书按照不同主题分为六个部分:"新征程"开启求学路上的新篇章,"新努力"记录自强不息的奋斗点滴，"新体验"讲述了全新的精神感悟，"新伙伴"把与学生的交往娓娓道来，"新变化"记录了从求学到工作、从邯郸路校区到江湾校区的变化过程，"新憧憬"道出了对未来的美好愿景。从作为第三人称的"旦旦"，讲述自己在做博士后期间的求学经历，以及从其中感受到的苦与乐；到作为第一人称的"我"，把自己当作复旦大学的一分子，与这所学校产生了一种同频共振。叙事视角的转换，既展现出他者眼中的复旦大学，又表达了复旦人眼中的复旦大学。在多重视角的审视中，通过一所学校反映出高等学府的莘莘学子对求学的认知。复旦大学对我的影响，就隐藏在这些文字当中。

诗歌形式的《诗性智慧》，记录了我从大学教师和学生的视角，运用诗歌形式对社会现象进行的一些思考。本书分为六个部分："春·生"寓意梦想的开始，取意春天是希望的季节；"夏·长"隐喻生命中的困惑，正如夏天的热让人焦躁不安；"秋·收"象征着人生的收获，像秋天那样寄语人生；"冬·藏"表达了生活中蛰伏的状态，就算是冬天的寒冷也要把它熬过去；"你·我·他"是在我、妻子、儿子的互动中生发出来的含情脉脉，家的温暖尽显其中；"诗意生活"是我在妻子孕期创作诗歌的情感记录，记录了我当时写诗的情绪和心境，可以从中一探我创作诗歌的真实情境。不管是运用五言绝句、七言律诗，还是现代体裁的诗歌，都是为了实现"诗以言志"的目的。诗歌是对人生志向的一种较为凝练的表达形式。"诗者志之所之也。在心为志，发言为诗。"（《毛诗·大序》）我的人生志向，就隐藏在这些文字当中。

长篇小说形式的《龙门之跃》，以王心恒求学生涯中的若干重要节点为故事情节展开的线索，实际上讲述了我的成长历程。因此，这部小说本质上是一部自传体小说。中篇小说形式的《媳妇飞了》，讲述了阿淳的父母为他讨老婆的故事，反映了农村地区的一些大龄男青年择偶难、结婚难的现象。

小说主要是通过故事情节和人物命运的描写反映社会生活,引发人们对社会问题的关注。之所以写这两部小说,是因为社会阶层流动问题、农村大龄剩男问题等长期占据了我的生活,是我在与这个社会相结合的过程中始终绕不开的话题。那么我是如何克服这些困难的,我自己与社会相结合的方式又是什么,答案就隐藏在这些文字当中。

我写出来的这六部作品,都有着特定时间和空间的"在场",即它们是在它们碰巧产生的地方的唯一存在形式,假如换一个时空,它们就不会存在了。这些作品的这种"唯一存在",决定了它们有在其存在的特定时空内自始至终所从属的历史。这个历史就是我在校园里的成长史。

虽然这些文字是在我的脑海里形成的,是我让它们成为文学作品,使它们借由各种机缘而获得生命。但是当它们形成以后,就具有了不一样的生命。更为准确地说,是和我一样的独立,而且是独特的生命。当它们散落在不同的读者之间、不同的文化之间,它们的生命就一次又一次地展示了出来,这就是这些作品的无数次生成的形式。我期待着这些作品,以及形成它们的机缘,能够在其他时空,能够在其他人身上,以另一种形式得到实现。

目录 CONTENTS

✳ 春·生

✳ 夏·长

✳ 秋·收

✳ 冬·藏

✳ 你·我·他

✽ 诗意生活

春·生

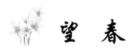 望 春

听

春天来了

嫩芽拼命地朝它挥手

微波游荡婀娜的身姿

明媚的阳光一泻千里

徐徐微风正向你走来

看

春天来了

小伙子精神抖擞

姑娘们活力四射

他们与春天有个约会

匆忙奔向春的列车

瞧

春天来了

万物张开怀抱

四处洋溢着春的气息

你看那公园里的人山人海

每张脸上都洋溢着幸福的微笑

如果你要问

春天在哪里

春天就在你的眼睛里

如果你要问

春天在哪里

春天就在你的灵魂里

如果你要问

春天在哪里

春天就在你的世界里

春天带来了朝气

人的内心躁动不安

那是挣脱束缚的力量

春天带来了阳光

一扫生命中的阴霾

那是振奋人心的激动

春天带来了希望

浇灌这干涸的嫩芽

那是希冀长久的等待

望着春天

这新岁的开始

让人不禁憧憬美好的未来

春之序曲

已经拉开帷幕

扬起人生的船帆就此起航

踏 青

春天邀我

去和百花相会

心在呢喃

响应春的号召

与春风飞舞

让心荡漾

燃起无限美

与春天一起私奔吧

让急促的心跳证明我们的爱

把未曾在一起的时光

马上经历

从此掉入幸福的旋涡

我和春天有个约会

仿佛很久以前

忽然就在眼前

怕错过你的风景

再次迷失自己

怕失去你的抚慰

无法舒展心情

紧紧握住春天的手

让人生尽是别样的感受

朗朗笑声来助兴

茵茵绿色喜相伴

阵阵春风侧耳听

亭亭玉立催人醒

可以结伴,可以怀抱

可以轻抚,可以手挽

不再淡定地打发时光

不再劳累地东张西望

不再默默地怅然若失

不再胡乱地信手涂鸦

和春天长相厮守吧

青春就该像花儿一样绽放

把逝去的童年再找回来

折成大风车

转出甜甜的希望

 探 心

曾经相距很远

所以显得很美

心与心的距离

仿佛被拉得很近

因为爱的朦胧

所以感觉很美

你与我的思念

似乎交织在一起

时常在想

两个人的距离

到底有多远

被折磨的心

青春在蠢蠢欲动

你是我的青春

稚嫩而苦涩

却让我上瘾

不成熟的我们

演绎着奔放的歌曲

装着我们的心

回忆

总是让生命变得美好

而你

却是我的公主

是我存在的全部

每个人

都想演绎永恒的青春

那是最精彩的生命

每个人

都愿意美好在此停留

人生故事永不褪色

总有一种冲动

想要对如此奇妙的世界

探个究竟

人生

在激情中燃烧

爱欲

在感动中升华

这颗心

一直为你而存在

这个人

一直为你而坚守

这些年

一直在追寻

却不知道想要什么

心灵

凭着感觉走

走过很远

然后

接二连三地错过

直到遇见你

遇到内心的一种强烈渴望

被吸引

被闪闪发光的你刺痛

痛醒了我麻木的神经

痛醒了我冬眠的情感

我是多么快乐

我又找回了自己

可以天真地憧憬未来

可以肆无忌惮地大笑

可以在你面前胡言乱语

可以毫不掩饰我的情感

爱会上瘾

尤其是深深地爱着的时候

不再遥远

你我编织神话的梦与永恒

语 思

阳光是快乐的,

它自我照耀着,还给人类带来了温暖。

石头是快乐的,

它自我沉默着,还给人类带来了深邃。

花朵是快乐的,

它自我盛开着,还给人类带来了美丽。

小草是快乐的,

它自我生长着,还给人类带来了希望。

月光是快乐的,

它自我映照着，还给人类带来了光明。

星星是快乐的，

它自我点缀着，还给人类带来了想象。

微风是快乐的，

它自我放逐着，还给人类带来了幸福。

眼睛是快乐的，

它自我欣赏着，还给人类带来了诗歌。

对 语

柯尔律治说："是谁把你们琢造得这般璀璨"；
微笑天下语："是谁让你们痴迷得这般娇艳"。

弗罗斯特说："他希望她有颗黄金包裹着的心"；
微笑天下语："他渴望她能兑现美好与共的欢"。

华兹华斯说："我的多心是出于对你的爱慕"；
微笑天下语："我的热情要表达对你的赞语"。

莎士比亚说："只有你能够替灿烂的春天开路"；
微笑天下语："只有你能够与全盛的鲜花共舞"。

追 梦

梦,你是否值得我追

有时候

对我而言

你太遥远

遥远的

比天上的星辰还望尘莫及

叫我如何是好

梦,你是否为我所求

不经意间

我已伤痕累累

是谁太过绝情

刺我周身"情花"之"毒"

让我日日痛不欲生

如何是好

梦,我再把自己交给你

即使遍体鳞伤

我依然无悔

在我和你之间

还有满腔的热血

希望的种子

和漫长的等待

梦,从我出发感受你

我们就是相距再远

我也会义无反顾地奔向你

远航不需要忌惮

呐喊不需要共鸣

无论走向天堂还是地狱

都是永恒的诞生

点 缀

远远地望着,灿烂的白玉兰

朵朵向上,傲然竞放

校花盛开的季节,独爱此刻的复旦

花下有赏

青春年少的模样

一派朝气蓬勃

不可辜负的春光

谁在点缀

它美,是它的事情

没你，它再怎么美

都缺少了你的精彩

被遗忘时，等着慧眼

被关注时，等着欣赏

栽树时，想象乘凉的意境

留香时，渴望百世的相传

或许是一种美

更像是一种追求

见证过风雨

警醒着世人

何不花下成君子

冠绝一时

人生从不缺少平淡

缺少的是豪迈

白玉兰

正当其时

意象连

眼里的诗歌在天空飞翔，心中的诗歌在大海翻滚；
天空的诗歌在眼里飞翔，大海的诗歌在心中翻滚。

眼里的童年在春天歌唱，心中的童年在秋天永存；
春天的童年在眼里歌唱，秋天的童年在心中永存。

眼里的青春在脑海照亮，心中的青春在梦里妙曼；
脑海的青春在眼里照亮，梦里的青春在心中妙曼。

眼里的爱情在夏天绽放，心中的爱情在冬天灿烂；
夏天的爱情在眼里绽放，冬天的爱情在心中灿烂。

眼里的文学在花园成长，心中的文学在大地升冉；

花园的文学在眼里成长，大地的文学在心中升冉。

眼里的孤独在白昼敲响，心中的孤独在黑夜蔓延；
白昼的孤独在眼里敲响，黑夜的孤独在心中蔓延。

眼里的生命在地狱永恒，心中的生命在天堂登攀；
地狱的生命在眼里永恒，天堂的生命在心中登攀。

眼里的智慧在胸中流淌，心中的智慧在足下绝伦；
胸中的智慧在眼里流淌，足下的智慧在心中绝伦。

三色堇

春寒料峭

率先打破沉闷的迎春花

让心情不再单调

这也是

历经寒冬的三色堇的祝福

春回乍暖

最为妖娆是玉兰

怒放地灿烂

带来万千气象

三色堇

也为之惊叹

如期赏樱

是每年的约定

是感受随风而落的美

是思考日月如梭的真

三色堇

和你一起在场

燥热的夏季有荷花

可以洗去污泥

可以涤荡心灵

可以成为你的向往

三色堇

一同感受你的渴望

你喜欢石榴花的妖艳

想成为那团火

尽情地燃烧自己

从此可以红红火火

三色堇

见证你的努力

人们都借菊言志

赞颂品行的高洁

赞美生命的顽强

赞歌别离的真情

三色堇

甘为陪衬

寒冬腊月

雪中无精神

梅花就是一种态度

可你别忘了

还有三色堇

与你同在

三色堇

一年四季路边栽

看着你幸福地欢天喜地

迷失在百花丛中

看着你绝望地哭天喊地

失落于茫茫人海

陪你走过春夏秋冬

三色堇

默默地尝尽人生的酸甜苦辣

你可知道三色堇

你可走进三色堇

你可懂得三色堇

你可欣赏三色堇

三色堇

眼中有风景

四季都是春

献给笑

笑是我的君王
一旦君临天下
就会至高无上

笑是我的秘密
用笑编织语言
就会所向披靡

笑是我的爱人
我把心交给她
与她一起生活

笑是我的神话

存在你我之间

演绎不老传说

行者之歌

（一）

行者，走在四季。

走过春的萌动，

夏的热恋，

秋的丰满，

冬的深沉。

渴望，

在心头涌动。

这是春天，

希望正在悄然发芽。

万物复苏，

爱情也不例外。

初生的嫩叶，

抽芽的新枝，

摇曳的花朵，

飞舞的风筝，

一切都从美好开始。

时值盛夏，

花开飘香，

绿果荫然。

行走在花绿丛中，

萌动的心，

火热燃烧。

热爱自然，

感激生命。

激动，

这是真正的黄金时代。

喜欢沉甸甸的心情，

硕果累累的人生。

丰收的季节，

时光在此停留。

秋,

在金色中,

感悟人生——

你是否拥有

一颗金子般的心。

深沉,

会上瘾;

静默,

会上瘾;

感伤,

会上瘾。

洁白的雪花,

突兀的枝藤,

萧瑟的寒冷,

温暖的毛衣。

冬天,

挂着强烈的反差。

(二)

大江南北,

行者,漂泊。

都市的繁华,
乡村的淳朴;
江南的水韵,
西北的旷野。

沧桑,
长在黄土高原。
牵挂,
从东往西地眺望。

西部,
一张质朴的脸,
满眼世代更迭,
情真意切。
这就是家乡,
心的安所。

环肥燕瘦,
白鹿原与东方明珠歌唱着不同的故事。
褪去青春的羞涩,
平凡的世界,

更加真切。

浦东的江水，

迷人的夜晚，

你，

在哪里。

壶口的瀑布，

夺人的喧鼓，

你，

在哪里。

喜欢水，

一天到晚游泳的鱼，

既在，

又不在。

安放的心灵，

需要港湾。

美丽的西湖，

能否为我片刻停留。

神话，

总是千古美谈。

造梦，

为了可爱的人儿。

行走千里，

别离，

总是感伤。

未来，

发生在他乡。

鱼跃龙门，

写在滕王阁序的篇章。

行者，

在挣扎。

与命运的搏斗，

不安于成长的现状。

成熟，

伴着幸福的泪花和酸甜的回忆。

梦，

为你而造。

你，

一直在找寻，

从未停留。

（三）

家，

心灵不再疲惫的地方；

家，

不再有风吹雨打的漂泊；

家，

逝去的匆匆步履成为过去；

家，

用温暖的开始结束曾有的痛苦。

走西口的人，

从家开始。

为生而活，

爱之歌之。

对于家，

千头万绪。

再没有人像您那样深沉地爱着我们

——父亲，

您并不那样伟大，

却让我时时怀念。

我的母亲，

岁月剥蚀了你的双手，

皲裂的口子

撕扯我的心。

求知，

多么向往的字眼，

年少的你，

却过早地择业。

我知道，

你经常一个人

默默地流泪。

沉重，

没有击垮你，

让你成熟，

催你上进。

我的家人，

我在哭泣。

爬满的泪水，

释放心中对你们的爱。

我会永远记得吃牛肉，

我会永远记得荷香包，

我会永远记得打屁股，

我会永远记得你让我长大成人。

你也到过江南，

你想看看外面的世界，

你曾跑遍祖国的大江南北，

而你永远在老家守望。

我不知道，

应当怎样更加爱着你们。

生命，

从你们开始，

为你们放歌。

（四）

爱，

用来形容你；

奉献，

用来赞美你；

真善美，

用来歌唱你；

无私的心，

用来坚挺你。

志愿者，

社会因你更加美丽，

生活因你更加美好，

心灵因你更加美善。

人们常说，

坚若磐石。

作为社会的中流砥柱，

你的身影

无时无处不出现在需要你的地方。

你，

就是古老的盘古，

开天辟地。

有时候，

会被人遗忘；

有时候，

会被人误解；

有时候，

会被人嘲笑。

你，

还在坚守吗？

你，

还在努力吗？

你，

还在付出吗？

你，

还在微笑吗？

我不知道，

该怎样赞赏你；

我不知道，

该如何表达你；

我不知道，

该怎样描述你；

我不知道，

该如何更加爱你。

你，

是最坚定的行者。

用你的双脚，

踏响生命的赞歌；

用你的双手，

捧起希望的土壤；

用你的爱心，

浇灌饥渴的心灵；

用你的热情，

唤醒光辉的明天。

（五）

阳光灿烂的日子，

总能笑傲天下。

行者，

豪饮人生。

咏冰糖葫芦

酸甜人生有谁知，

红装素裹谁来食。

浑然一体串我心，

童年幸福梦里驰。

 # 鲜花丛中看杂草

人们常常在杂草丛中看鲜花，

我却偏爱在鲜花丛中看杂草。

"自以为是"的鲜花，

已经习惯于人们的赞美，

绝不会看得起身边的杂草。

当微风吹来，

杂草总是弯着腰，向微风点头致意；

鲜花总是昂着头，与微风挥手告别。

人们常说：

只有成熟的麦子，才懂得低下高贵的头颅。

杂草啊,杂草,

只有你才懂得什么是成熟!

从你身上,我看到了成熟的果实,

那是你对未来的祝福。

从你身上,我看到了生命的悸动,

那是你对神奇的礼赞。

从你身上,我看到了黄金的时代,

那是你对丰收的赞歌。

从你身上,我还看到了美好的日子,

那是你对人类的恩赐。

是时候了,

让人们把目光转向你,

在鲜花丛中仔细辨认你的模样。

果然,

低头弯腰的你很有气质地,

立在那里。

诗比远方更远吗？

有人说，生活不只苟且，

还有诗和远方。

在生活中，

我有三种幸福：诗歌、远方和阳光，

我有三种痛苦：亲情、爱情和思想。

我在远方，

贫穷却自由，

痛苦也快乐。

没有贫穷和痛苦，就没有我的故事；

没有快乐和自由，就没有我的生命。

就在远方，

又有人说，诗和远方一样远……

那你离我也一样远……

对我来说，远方除了诗歌，还有故事。

对你而言，远方除了遥远还是遥远……

远方有我的思考，

远方有我的痛苦。

远方还有我的诗歌和我的幸福。

从每一天起，让我们奔向远方；

寻找我们的诗歌和我们的幸福。

从每一天起，让我们奔向远方；

感受我们的孤独和我们的痛苦。

我的心情是那清风

我的心情是那清风，

漫无目的地飘荡。

飘来宁静的心灵，

心和眼慢慢交融。

飘动层层的涟漪；

微笑浅浅注来。

飘落枯黄的树叶；

忧伤淡淡袭来。

飘起五彩的风筝；

愉悦款款踏来。

飘飞朵朵的白云；

淡然悠悠生来。

清风吹开了我的心情，

飘打起伏的人生。

时而漫天飞舞，

沉醉在快意的征途；

时而一地散落，

独舔这失意的迷途。

我的心情是那清风，

看不懂的清风守着心中的灯；

我的心情是那清风，

用一生的时间追逐清风的影。

和我一起仰望星空

你是否和我一样迷茫？

求学的时候，还要为生计奔波；

工作的时候，还要为尊严挣扎；

恋爱的时候，还要为门槛发愁；

追梦的时候，还要为距离伤神。

为什么仰望星空的人越来越少？

整天忙碌你心生疲倦？

四处奔波你停下脚步？

为爱痴狂你实感无力？

无力筑梦你不敢抬头？

抬不起头，是因为，

精神没有归属和寄托，

心中没有理想和信念，

人生没有拼搏和奋斗，

生活没有希望和勇气。

和我一起仰望星空，

即使遭受挫败，也会微笑着含泪；

即使不被认可，也会执着地前行；

即使活得孤独，也有强大的内心；

即使不堪痛苦，也有深刻的生命。

和我一起仰望星空，

不是为了喊响口号，而是为了照亮自己；

不是为了脚下庸碌，而是为了星空真理；

不是为了苟且偷生，而是为了认识自己；

不是为了迎合世界，而是为了独立灵魂。

我的成长与您的教诲

我是朝阳中的微光

在璀璨夺目中容易迷失

您是我前行的明灯

为我拂去心中的"迷雾"

我是骄阳下的小草

舒展着无知而傲慢的身姿

您是星云中的清风

为我吹走身上的心浮气躁

我是烈日下的小花

即使受罚也不肯低下头颅

您是天空里的春雨

让我懂得"低头"和"弯腰"

我是旭日中的新星
带着火热和刚硬灿烂升起
您是我精神的宇宙
让我学着谦虚、聆听和欣赏

千万不要辜负了这美好的阳光

梦中期盼着晴天的人儿呀

赶紧出来晒太阳吧

你看

这灿烂的阳光多好呀

千万不要辜负了这美好的阳光

脸上洋溢着青春的人儿呀

赶紧出来活动吧

你看

这灿烂的阳光多好呀

千万不要辜负了这美好的阳光

心田满怀着丰收的人儿呀

赶紧出来耕耘吧

你看

这灿烂的阳光多好呀

千万不要辜负了这美好的阳光

眼里渴望着远航的人儿呀

赶紧出来旅行吧

你看

这灿烂的阳光多好呀

千万不要辜负了这美好的阳光

夏·长

钓

不是钓,就是被钓

钓者,还有直钩取的
被钓,还有愿上钩的

心中有鱼
钓者无意鱼自来

鱼儿有情
独钓寒江不空人

俯仰清流与青天
情真意切不忧还

落花流水心中看

钓观世人千载同

难

（一）

活着真难

看到了他人的奋力登攀
唯独自己正在随遇而安

看到了他人的一马平川
唯独自己处处举步维艰

看到了他人的侃侃而谈
唯独自己大言大语不惭

看到了他人的语近指远

唯独自己不能万语千言

看到了他人的高不可攀

唯独自己无法骄傲自满

看到了他人的一马当先

唯独自己已经渐离渐远

看到了他人的人生烂漫

唯独自己舔着伤口可怜

看到了他人的名利参半

唯独自己一直破破烂烂

（二）

越难越乱

越乱越难

难上加难

焦虑不安

哪来温暖

请谁评断

期待对视

值得一盼

告 白

寂寞

撕裂了我内心的伤口

你在哪里

温暖

若是结伴同行

就让你倾诉衷肠

你喜欢直白

你喜欢赞美

你喜欢有形的东西

胜过一切无形的

你所喜欢的

就是断隔在我们之间的天堑

我在寂寞中读出

萦绕在心头的温暖

还有日子里的荒谬

有人直言

所谓的爱情

就是一场势均力敌的对峙

对峙本身就是胜利

而你乐于陶醉其中

在歇斯底里的尽头

我向自己告白

赶紧消失吧

然而

我的故事并没有结束

迷 宫

永远不会变，

看书·写作，青春不再；

吃饭·睡觉，日子不再。

永远不会变，

开心·伤心，心灵不再；

热闹·寂寞，生活不再。

永远是这样，

鲜花·野草，感动不再；

黎明·黄昏，抗争不再。

永远是这样，

得到·失去,人生不再;

快乐·痛苦,幸福不再。

错 爱

你"关注"我

我"漠视"你

"承蒙"错爱了

你"等待"我

我"拒绝"你

"承蒙"错爱了

你"挽留"我

我"抛弃"你

"承蒙"错爱了

你"点拨"我

我"困惑"你

"承蒙"错爱了

你"帮助"我

我"为难"你

"承蒙"错爱了

你"深爱"我

我"憎恨"你

"承蒙"错爱了

为什么"总是"你

就这样"为了"我

即使"错"了也"爱"

错不是"错"

对不是"对"

何谓"错"和"对"

心的流浪

流浪

身在异乡

不知心在何方

流浪

人漂四海

不管情归何处

流浪

灵魂悸动

哪知岁月沧桑

流浪

青春褪色

哪管人生几何

流浪的心

被折磨成残破的断章

孤寂的生命

进行一场没有目的的远航

流浪的心

被割裂为哀愁的碎梦

摇摆的命运

写来一世不堪回首的游走

流浪的心

被遗弃到绝望的荒漠

凌乱的人生

开展一次永无休止的追逐

流浪的心

被撕扯开裂肺的疼痛

无望的生活

成为一种贫瘠虚伪的搏杀

爱情几何

爱情是被计算的对象吗?

喜欢计算

会把爱情当成私产

随意控制和摆布

今天喜欢你

就让你答应一切

明天不喜欢

立马无影又无踪

你要时刻准备着

因为

爱情是被索取的对象

你要不断证明着

因为

爱情是被纠缠的麻烦

当爱的时候

付出多少也无所谓

不爱的时候

憎恨多久也不为过

爱情不要胁迫

不是随心所欲的吆喝

爱情不是买卖

不是讨价还价的掂量

心思太重

爱情容易变味

借口太多

爱情容易变质

爱你的时候

不当回事

不爱的时候

又哭又闹

殊不知

真爱从来不计较

真情从来不掩饰

真心从来不欺骗

真诚从来不违约

难道没人告诉你

爱是不可逆的

只要一次

心灵的美丑

立判高下

世间没有后悔药

才会极度憎恨

所谓的计算

只能欺骗一时

哪能容忍一世

但愿

不再有如此的愚蠢

但愿

不再有类似的憎恨

不再小小鸟

以前

你是一只小小鸟

努力飞也飞不高

你想成为猎物

也没有那个可能

现在

你依然是一只小小鸟

却忘了努力的姿态

只因为你习惯了拼命

总是在夜深人静的时候

你也想不做一只小小鸟

不用害怕单枪匹马

不用担心无依无靠

不用畏惧前途渺茫

不用惊恐未卜人生

直到有一天

你突然发现

自己已经不是小小鸟

猎人的枪口瞄准了你

严酷的寒暑拷打着你

你却无法逃脱

也无处可逃

承载梦想的飞翔

注定

不是一帆风顺

为了那个传说

你不停地飞呀飞

你想要的

总在九霄云外

不被所知

注定要为理想献身

就不要惧怕代价

被人仰视的高空

自有它的孤独

你习惯就好

不是含羞草

知羞否？知羞否？

我怎能对你无动于衷……

你害羞的样子，

好可人。

我本以为，

你是一株含羞草。

既懂得自怜，

也懂得怜他；

既落落大方，

又彬彬有礼。

原来，

那翩跹起舞不是本相；

原来，

那文弱清秀只是假象。

没有和风细雨的关怀，

没有温文尔雅的感动，

没有持之以恒的准备，

没有细水长流的感情。

不是含羞草，

怎能期待和颜悦色！

不是含羞草，

怎能奢望天朗气清！

青春会老吗？

会！

爱情会老吗？

会！

含羞草啊！含羞草！

只是为了你……

学做忘忧草

忘忧草

忘了就好

再难忘的爱

也不会天荒地老

没有不残忍

没有不心寒

没有不狰狞

没有不心冷

告别依依不舍

留下丝丝的痛

告别久久难忘

只有迟迟远弃

某个小宇宙

种满了忘忧草

也能疗愁

也能笑

微微一株

梦里见

把人来疼

把人爱

今生不是忘忧草

放不下

就要学做忘忧草

忘了就好

秋·收

 爱 训

正是江南满园春

欲在复旦觅芳裙

心心相印成大婚

校训墙边真爱存

书 媒

书是阶梯也是媒

携手终生伴我飞

日复一日朝前走

兢兢业业知芳菲

 伞　缘

江南女子手执伞

美若天仙不敢看

西子湖畔心中缘

依山傍水可缠绵

姻　缘

一山养育一儿男

一水滋润一红颜

一校采摘一朵兰

一生难得一段缘

观天下

女中豪杰敢称霸

位居九五观天下

不佩臣印专佩玺

指点江山家国话

花落谁家

美女返璞把琴话

含情脉脉任人夸

清新脱俗惹人爱

世间少有一朵花

天空之城

生活就是一座城

儿女情长蜜意中

梦境现实中外同

海誓山盟万里风

若有所思

合上扇子念想起

闭上眼睛问嫁期

日日夜夜心不移

真命天子在哪里

三次花开仙人球

茅屋薄土不自哀，严寒酷暑不低头；

满身傲刺显奇葩，不求富贵任自悠。

终年孤贫性难移，不争名利不忧愁；

三次花开也柔情，屹立世间可风流。

恋影花

不敢认识自己

还是

不愿认识自己

抑或

不可认识自己

那喀索斯①

只有自己在眼里

狂热到了全身心

极致的爱

---

① 那喀索斯(Narcissus),源自希腊神话,是河神刻菲索斯与水泽女神利里俄珀的儿子;也有水仙花、自恋者的意思。

世间到底有多少

那喀索斯

爱你的人儿

千千万万

你却一个不爱

有朝一日

假如你爱上一个人

却永远得不到她的爱

到底是

对爱的执着

还是

对爱的惩罚

你是最美丽的

天下第一美男子

你是最孤傲的

仙女们也自惭形秽

然而

你却倒下了

没有拜服任何人

倒在了自己的石榴裙下

艾柯①爱着你

一直远远地守着你

艾柯心疼你

紧随你的左右不分离

你却郁郁寡欢

眼里只有水中的人

那喀索斯

外在的美丽真的重要吗

这个世界一片寂寞

"有谁在这里?"

那喀索斯呼喊着

"在这里!"

艾柯回应着

多么可怜

"你过来!"

---

① 艾柯(Echo)是希腊神话中的一个山林女神。在希腊神话中,有一次宙斯与神女们在山林游玩,嫉妒的赫拉赶来寻找。艾柯便缠住赫拉与她不停说话,让神女们有了逃跑时间,为此,赫拉惩罚艾柯失去了正常说话的能力,只能重复别人说的最后几个字。这也就是艾柯后来成为"回声"的由来。

那喀索斯找寻着

"过来？"

艾柯回应着

多么迷惑

"你为什么躲避我！"

那喀索斯质问着

"躲避我？"

艾柯回应着

多么悲剧

或许

人类本来如此

含情脉脉

原来

含情脉脉花开时

一朵儿你，一朵儿我

一会儿左，一会儿右

好不可爱

你代表着顽强

让生命彰显韧性

我代表着幸运

让生活充满希望

你有接受的勇气

人生何其匆忙

花开瞬间

就要无比灿烂

我有珍惜的念想

以你为名而活

星点无数

可以如数家珍

相伴花开

美好年华在此时

无限恩爱

左顾右盼频表白

你在乎我

世界上没有最远的距离

我在乎你

日常中只有咫尺的温暖

何为痴情

你在左边守着我

我在右边守着你

左右不分离

何为慰藉

生活依然如故

你为我笑，我为你笑

相视一笑不忧愁

真的爱你

一起经历风雨的洗礼

真的爱我

拥有同样灿烂的心情

虽是两朵普通的花

却是可以相伴的花

始终为你存在

而且为你燃烧

从来不问你爱我

从来不说我爱你

紧紧连着一条根

这才是爱的物语

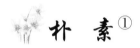

朴 素①

如果说

朴素，如你般快乐

缠绵悱恻

谁能一睹

寒来暑往的重复

肚子饿了

不必五味俱全

衣服破了

只需缝缝补补

口袋瘪了

何来嫌贫爱富

---

① 谨以此诗赞美"兰花"的朴素。

如果说

朴素,是一种美德

有声有色

请它停驻

成为生活的曲谱

东西缺了

变废为宝,有了替代物

物品旧了

再用几年,点滴垒成屋

垃圾扔了

必尽其用,从中有感悟

如果说

朴素,太阳般炙热

毫不吝啬

你我一起来守护

等待倾诉

希望来了

迈开奋进的脚步

心情好了

自由自在地追逐

一切尽兴了

忍不住把你拥簇

情感的和和睦睦
镌刻着你的朴素

生活的忙忙碌碌
雕琢着你的朴素

人生的起起伏伏
彰显着你的朴素

你的朴素,剪裁了我缝补的裤
你的朴素,点燃了我心中的烛

你的朴素,安抚了我饥渴的肚
你的朴素,照亮了我前行的路

爱的温度

爱是一剂药

心痛时分

治愈你的烦恼

一只迷途的羊羔

到处寻根

能否开怀一笑

人世间的美好

华丽转身

才有难得的依靠

没有一次的奇妙

暗恋凡尘

可以写成一部书稿

能为你多次奔劳

俯首称臣

终成人生的好望角

你是最美的花朵

勤勤恳恳

实在无以为报

欢快的小棉袄

日月星辰

你永远都是宝

我的诗只对你好

天然有神

不用任何征兆

只要你挥手一招

满满真情

不假思索地围绕

相视一笑

打开心扉

就是美好

情投意合

真的要主动

才会共鸣相照

 ## 爱 痕

爱上一段情

心中有了痕

爱在复旦升

岁月染上痕

爱慕你容颜

花开留有痕

爱了你全部

感情刻上痕

爱有多么远

请看我心痕

爱有那么近
告别了伤痕

爱不着边际
让人有笑痕

爱不严肃了
也会有创痕

爱上你的心
一棒一条痕

爱永无止境
人生可留痕

 旗 帜

母亲也是我们的父亲

而她还是我们的母亲

时常感觉到脆弱

需要坚强地支撑

才能继续前进

母亲一人扛起全部

母亲也有幸福

一个人完成着使命

她无怨无悔

让人在坚持中看到希望

母亲越是坚强

就活得越洒脱

不受条条框框羁绊

不被蝇头小利迷惑

心中装着大格局

让我们家不断有惊喜

人生充满着困惑

母亲是我们的导师

她没怎么读过书

却不断成就着我们

世间亲情种种

无数人寻寻觅觅

我们从未找寻

因为母亲一直都在

是肯定,是依靠

是付出,是坚持

是关爱,是憧憬

是寄托,是展望

那么多旗帜式的人物

都成为过眼烟云

只有母亲

成为我们一生的旗帜

不需要聚焦

不需要宣传

不需要敬仰

不需要定格

这面旗帜在飘扬

以饱满的姿态

展示着生命的精彩

想象爱

爱在闹

因为装在心里

一个人

找到一片天空

只想静静地欣赏

我中有你，你中有我

可以留痕

假如可以相爱

我想化为一阵风

让你的想象

成为最美丽的时刻

侧耳倾听

激起无限遐想

再微弱的改变

也成为最斑斓的颜色

心灵的芬芳

在天空悠悠地绽放

朝圣的人儿

拥有世界最近的距离

总觉得还不够

再靠近些

就可以

把你当成我自己

云

带走了风的魂

风

吹乱了云的心

这里有云

那里有风

风云变幻

真爱降临

淘气的风
一会儿工夫
又到了云的怀抱

羞答的云
急忙撇开缠绕
却很在意风的唠叨

地上的人看着云
天上的云听着风
路上的风跟着云
头上的云气着人

天空有风景
到底装饰了谁的梦
邂逅过美丽
从此不再装深沉

 准许快乐

青葱岁月,你拥抱希望

如百灵鸟一般快乐

星空是一场华丽的梦

由我来领会,边走边乐

此生所发现的快乐

如阳光一样明亮

你是照耀眼睛的光芒

由你来点亮,边美边乐

吟唱快乐,感激彷徨

愿永不触及那忘却的过往

失去正呼唤成长

让我来寻觅，边思边乐

没有快乐降临的地方

亦有奔跑的疯狂

不在记忆中而在远航

让你来定夺，边扬边乐

贺任府勇娜乔迁之喜

任府择吉日,张灯结彩,敲锣打鼓映华堂;

亲友登福宅,人杰地灵,欢天喜地谱新章。

冬·藏

寂寞

玻璃窗外的世界

借着被寂寞的优越

诱惑着我

向它飞奔

孤　独

孤独

总是与我相伴

是你

我无法摆脱的"梦魇"

孤独

升华了我的情感

是你

让我的精神独立

孤独

是不甘的呐喊

是你

催生了我的成熟

伴着我

解读人生的奥秘

三 十

我方才知道

盗火的普罗米修斯

为人类带来了光明还是黑暗

我方才知道

推巨石的西西弗斯

为人类带来了生命还是死亡

我方才知道

神奇的潘多拉魔盒

为人类带来了希望还是欲望

一晃三十

普罗米修斯的火种

在黑暗中或现或隐，或明或暗

一晃三十

西西弗斯的巨石

未上山顶又滚下山去，周而复始

一晃三十

潘多拉魔盒的秘密

不断地被关上或打开，有意无意

选 择

对与错

该如何判断

轻与重

该如何权衡

真与假

该如何辨别

善与恶

该如何区分

美与丑

该如何对待

有人说

选择全在一念之间

有人说

选择总是煞费苦心

有人说

可能需要一种选择

有人说

不愿自己作出选择

有人说

愿意有可能的选择

你的选择

决定你是什么

你的选择

决定你拥有什么

你的选择

决定你人生的价值

你的选择

决定你生命的意义

你的选择

选择了过去、现在和未来的你

在选择面前

谁都无法逃避

可能作出了错误的选择

依然有勇气

不会纠结

让选择更加轻松

原来

你就是你的选择

单 行 路

你不见了

你还不知道

我望着你

分离原来不容易

此情不关天与地

何来痴心

亦不必相聚

更无音信到如今

自古庸人多自扰

叨叨念念

身在此地 心在彼处

此为最苦

人生就是单行路

没有回头

一个人的故事

自编自导地欣赏

日子总得过下去

不断试着安慰

权当自欺

没有谎言就没有生活

多年之后

才知分离并不短暂

学会等待

只是为了那一刻

爱有多远

我不知道，

爱到底能走多远；

和你在一起的日子，

我无法跟上时间的节奏。

我不知道，

爱到底能走多远；

和你走过春夏秋冬，

我总是感到光阴的短暂。

我不知道，

爱到底能走多远；

和你一起谈天论地，

我可以忘记烦恼的忧愁。

我不知道，
爱到底能走多远。
和你走过阴晴圆缺，
我舍不得放下你的温柔。

有一种爱叫幸福，
不管有多远，
你都能真实地体会，
因为爱就在你的身旁。

有一种爱叫温暖，
不管有多远，
你都能深切地感受，
因为爱就在你的胸膛。

有一种爱叫分享，
不管有多远，
你都能快乐地捕捉，
因为爱就在你的心房。

有一种爱叫感动，

不管有多远，

你都能敏锐地觉察，

因为爱就在你的厅堂。

爱有多远，

爱是眼前的一句叮咛；

有爱的人，

不在远方守候爱的真情。

爱有多远，

爱是心中的一丝波动；

有爱的人，

不在远方苦等爱的归省。

爱有多远，

爱是脑海的一片思念；

有爱的人，

不在远方寻觅爱的踪影。

爱有多远，

爱是灵魂的一次拯救；

有爱的人，

不在远方憧憬爱的响应。

重新出发

重新出发

内心会有不安

眷恋着昨天的时光

却不能再次拥有

要问这是为什么

只为寻找一个心灵的家

错过昨天的掌声

已经整装待发

重新出发

内心不再焦虑

经历过昨天的喧嚣

只想把握好今天

不问这是为什么

本来就没有太多的答案

忘记昨天的爱恨

心灵已经出发

重新出发

满怀轻松愉悦

卸下了昨天的包袱

感受着鲜花盛开

解答这是为什么

只想做一次认真的远航

失去昨天的一切

我们再次出发

重新出发

感受爱与成长

早忘记昨天的烦恼

做着欢乐的事情

知道这是为什么

人生不会有太多的时刻

回忆昨天的幸福

又一次出发

风雨同城

理想之痛

有我的癫疯

心事重重

痴呆又发蒙

阳春之颂

有我的歌声

其乐融融

欣喜还欢腾

风雨之中

有我的人生

过客匆匆

一场白日梦

希望之咏

有我的前程

懵懵懂懂

一秉天下诚

考 试

考试

一场接一场地

扑面而来

这就是人生

有些考试

是成长的衬托

有些考试

是命中的大考

面对考试

总有人大意

总有人在意

总有人失意
总有人得意

有人
不把人生当考试
浑浑噩噩一辈子
自己过得不如意

有人
人生天天在考试
时时刻刻在答题
最终成为一传奇

面对霸道的考题
你能否笑傲江湖
遇上满意的试卷
你是否从容应对

答案能分好坏吗
选择是否草率呢
本领能否够用哈
行为难道匆忙了

不要太年轻气盛

你只是洁白如纸

不要太年少轻狂

你只是匆匆过客

逢考就有成败

这是人生的归宿

多不如意

也是生活的常态

谁都在答不变的试卷

只是答题的姿态有别

无非答题的内容不同

并非答题的地位悬殊

故土情怀

邂逅在相识的地方

是缘分的安排

美好如初

情感找到了归宿

是时间吗

你抹不去深深的记忆

一旦打开

奔泻而出

是空间吗

你割不断深深的情怀

重回故里

不再漂泊

我以为

以前的一切

湮没在岁月的长河里

无法追忆

是亲情 友情 师生情

是爱我的人和我爱的人

又一次给予我前进的动力

在我最需要的时候

常说:因为我对这土地爱得深沉

现在是用铭刻的方式

在内心的深处

把它朗读

为了他们,为了这些最可爱的人

为了我深爱的这片土地

我要燃烧自己

在烈焰中闪耀自己的人生!

谁是风景

天空飘来两朵乌云

突遭人生的风雨

有人撑起一把伞

为你带来风景

人生路上无梦可寻

好似枯黄的树叶

一片一片地落地

漫漫长路有人陪

为你带来风景

看着他人平步青云

想到自己的命运

渴望指点迷津

给你建议帮你忙

为你带来风景

吃喝玩乐福中相寻

乐不思蜀地生活

感觉快意频频

只有那醍醐灌顶

为你带来风景

总是活得人云亦云

没有自己的脑袋

感觉不会清醒

马上有了自我主见

为你带来风景

不要总是不知所云

混乱得一塌糊涂

感觉就是浮萍

背靠大树好好乘凉

为你带来风景

只有学会枉尺直寻

才有人生的转机

感觉没有输赢

只有心中默默坚守

为你带来风景

匆匆那年

时间一晃已届十年

记忆早被撕成了碎片

细细想来仍仿佛就在昨天

曾经的相扶相持

让心中溢满温暖

曾经的豪言壮语

助我们屡跨险滩

生活的道路千千万万

唯愿诸君快乐平安

才不枉逝去的

匆匆那年

孤独的巨人

"我的孤独是一座花园"

为了让唯一能温暖我的文字继续流淌

世界让我孤独

但从中长出了巨人

我孤独，却不绝望

我孤独，更加闪亮

在孤独的岁月里

用孤独阅读伟大

我就是孤独的巨人

在我看来

孤独是伟大的演绎

只有传奇能被它很好地诠释

涌向我的阵阵孤独

没有令我窒息

反而成为攀登希望的阶梯

与孤独为伍

是我忍受荒谬的力量

即使心中的幽灵时时徘徊

我也能卓然独行

感谢孤独

武装了我的斗志

使我充满创作的活力

点亮我的空虚,让我感到充实

孤独是我最深刻的生命

我是最深刻的孤独巨人

我用孤独创造最深刻的生命

孤独用我创造最深刻的表达

风雨之后见彩虹

人生就是一场吵闹

谁敢把牌打烂

是否活得如惊弓之鸟

整天提心吊胆

没有心中所想

没有梦幻莺燕

哪有心思喝足吃饱

仓皇躲避调侃

喧嚣不断

俨然南郭翻版

功名利禄

活着只求贪婪

有点风雨便是苦恼

生活还需手腕

何须镜子把人来照

处处都是惊叹

既然活在其中

就要勇敢面对

没有风雨

哪有彩虹

风雨之后见彩虹

人生才精彩

死亡并不神秘

一提到死亡，

内心就不舒服。

为什么？

只想活着。

终有一死，

谁能永生？

面对死亡，

是恐惧，

还是坦然？

恐惧，

因为无法理解死亡。

总觉得没有活够，

死亡就降临了。

坦然，

是因为，

死亡虽没有到来，

却知道，

只有死才是归宿，

才能彰显万物的平等。

生是璀璨的，

万物因我而存在。

生也是困惑的，

我该因何而活着？

死是永恒的，

赴死是一场悲壮的盛宴。

死也是孤独的，

死亡只属于当下的自己。

因为有死，

就要旦复旦兮！

在活着的路上，
探寻生命的意义！

因为有死，
就要活出人样！
在赴死的路上，
绽放生命的光华！

死亡并不神秘，
它是永恒的所在。
死亡并不可怕，
它是永生的演绎。

赴死好像是一种使命，
承载着亘古不变的规律，
向着死亡而存在。

赴死也是一种理由，
让人生显得可以理解，
超脱无足与轻重。

沙漠中的"绿洲"

在一望无际的沙漠

疲倦的人们寻找着绿洲

绝望之际

诡异的海市蜃楼在招手

这里是沙漠的中心

却有浓荫的绿树和清澈的水潭

想要找到绿洲

就要常住其中

绝望中

人们在做最后的挣扎

有些人以生命为代价放弃了希望
更多人以自由为代价保存着生命

"绿洲"就是"安乐园"
求生的人就此告别沙漠的死亡

可是
这样的"活着"和"安乐死"又有什么不一样呢？

抑制不住的渴望

人无法忍受时光的飞逝

所以,总是抑制不住对时光的感叹;

人无法忍受生命的短暂

所以,总是抑制不住对生命的发问;

人无法忍受青春的独白

所以,总是抑制不住对爱情的渴望;

人无法忍受心灵的空虚

所以,总是抑制不住对心灵的修炼;

人无法忍受生活的失落

所以,总是抑制不住对生活的追求;

人无法忍受梦想的苍白

所以,总是抑制不住对梦想的找寻;

人无法忍受人格的卑劣

所以,总是抑制不住对人格的培养;

人无法忍受境界的低下

所以,总是抑制不住对境界的提升;

人无法忍受道理的含混

所以,总是抑制不住对道理的明辨;

人无法忍受思想的浅薄

所以,总是抑制不住对思想的向往。

你总有一天会懂我

你总有一天会懂我，我相信！

你的明眸潜伏着希望；

像你完美的心灵，在我心里，

轻轻地安放。

如今，有太多的呻吟，

将化为无法再多的惆怅；

遮蔽了我的眼睛，让我哭泣，

慢慢地断肠。

你只是你，没有更多的共鸣，

让沉闷爬满你遇见的沧桑；

没有等待中的苏醒，让我心碎，

默默地哀伤。

多少学子把青春过成了理想

英国大诗人济慈这样默吟：

"多少诗人把光阴镀成了黄金"。

这是无数寒门苦读的声响：

"多少学子把青春过成了理想"。

让青春荡漾着理想

日月如梭般眷顾，自有美景在阳光。

欢快的生命在一旁，

让内心的理想尽情地流淌。

青春的翅膀，

就是驰骋人生的衣裳。

即使生长在贫瘠的土壤，

也要胸怀王者的乾坤朗朗。

 孕 育

江南女人多娟秀

一颦一笑一闲步

不怕大肚不怕苦

和风细雨文胜武

 希 望

西子湖畔诉沧桑

黄浦江边试锋芒

吊儿郎当要不得

苦心经营方可长

记 录

给你拍照留记录

点缀生活有归属

你像明星多耀眼

心甘情愿去追逐

分 享

这张照片拍得好

放到网上博一笑

不怕你看或你说

在我眼里就是宝

 旅　程

怀孕就是在修行

苦乐参半都是情

看似轻松却也难

唯有真爱才会赢

牛

我的宝宝你很牛

千等万盼诚心求

虽是常人要苦修

传统美德你要留

 真 牛

艰难前行不作秀

很多时候心好揪

你给我们来打气

在世人生有追求

你真牛

果然还是你最牛

任劳任怨品不丢

踏踏实实显本色

百折不挠争一流

调 皮

你在肚里把妈唤

拳打脚踢乐颠颠

你妈也得听你说

你爸一旁陪着看

引 导

还是宝宝得引导

爸爸亲自把你教

不怕辛苦不怕恼

只为今后不撒娇

准妈妈

宝宝宝宝你要乖

这样妈妈才好带

这件衣服猜你爱

怕是正中你下怀

准爸爸

爸爸也来凑热闹

育儿到底知多少

不怕你说不怕笑

功劳不能一人表

好宝宝

小熊可爱听你叨

它的习惯你来教

爸爸妈妈盯着梢

看来是个好宝宝

玩 伴

调皮捣蛋谁最行

家里就你是明星

我们都在陪着你

陪你长大真高兴

 **童 年**

多彩童年谁点缀

宝宝当下就在催

看我小熊陪着你

不会上当不会亏

亲　亲

宝宝快乐我相信

一亲肚皮就来劲

这个过程爸妈品

你说什么胜黄金

 宝 贝

这个家里谁是宝

对谁关注度最高

所有故事博谁笑

谁是家里的珍宝

 一 宝

不要看他人最小
他的能量可不少
夫妻感情要牢靠
他的功劳不用表

枕 头

快看快看是枕头

赶紧枕着不能丢

不要犹豫我来睡

免得太累添忧愁

献 给 你

生活总是不容易

弹个小曲犒劳你

不知勾起谁相思

放在心里波澜起

吻 着 你

相爱总是不容易

来个飞吻感动你

人间若有真情在

海角天涯共此时

爱着你

怀上总是不容易

送个小熊安慰你

和和美美一家人

共饮黄浦江边水

不等闲

生活需要仪式感

妈妈宝宝此刻连

怀孕也是小仙女

有你陪伴才心安

依靠

相互依靠求安慰

依偎一起心不累

人生篇章将开启

生你养你有作为

"1+1=3"

这道算术做不对

有人背后一直催

二体三心几个人

宝宝抢答说我会

若有所思

娴静从容不用吹

气度万芳惹人醉

一抹淡笑百千回

胸中藏有大智慧

美不胜收

由内而外散发美

可与百花争芳菲

身着旗袍使人醉

回味其中不知归

沉鱼落雁

风轻云淡气度存

卓然自立孕乾坤

闭月羞花惊帅军

扣人心弦欲罢魂

打 电 话

一个电话到老家

万里之遥送牵挂

简简单单几句话

让人心里乐开花

要爱她

咱妈河津接电话

句句都是我们娃

一个劲儿把人夸

教我如何不爱她

一朵花

浪迹天涯采朵花

心满意足笑哈哈

丫头给我生个娃

枝繁叶茂百姓家

好委屈

逮着机会就哭诉

你有什么好委屈

有了困难就克服

宝宝都比你大度

窃听者

你是不是窃听者

什么都想进耳朵

爸爸给你唱个歌

贴着肚皮送秋波

要听歌

欢天喜地想听歌

频繁示意奈我何

爸爸来与你互动

一首一首不吝啬

催眠曲

我唱你听妈妈睡

催眠小曲几来回

唱得太多有点悔

脉脉含情等你归

这是谁

宝宝猜猜这是谁

小熊打赌他不会

不认爸爸和妈妈

那你无家可以归

就去追

儿有本事就去追

幸福生活不会飞

爸爸妈妈渐老去

等在未来送祥瑞

好 运 转

老婆让我坐旁边

千载难逢好运转

已过疾风骤雨天

携手共进千万年

一 朵 兰

浪迹天涯夜无眠

只因相思一朵兰

苍劲松柏山水间

孕育乾坤转罗盘

兰花窥

相爱总是不容易

江南歇脚兰花窥

朝朝暮暮心不移

为君繁衍一树枝

君子为

兰花怜君有深意

日复一日求作为

丈夫若言无意气

今生今世难相随

东 南 驰

巾帼哪能让须眉

披荆斩棘不稀奇

人生从来不娇媚

凤凰翩翩东南驰

有趣味

生活需要有情趣

诗情画意似闲居

嘟着嘴巴好惬意

我装小气你大度

我爱你

日子越过越爱你

大龄结婚不觉迟

还有宝宝来寻觅

幸福生活使人迷

心切切

这张照片有感觉

谁看心里不快乐

怡情雅兴俏佳人

揽入怀中心切切

情 太 烈

一蹙蛾眉似有歌

弱步频移解谁渴

亭亭玉立艳新妆

乱人心境情太烈

胜 喜 鹊

怀上宝宝耳目悦

容光焕发不减色

妈妈肚里不是客

叽叽喳喳胜喜鹊

留一线

千寻万觅不为看

苦心经营把你感

抱着宝宝留一线

培养栋梁传播善

怀 中 揽

教师公寓一朵兰

千山万水不觉难

只为把你怀中揽

顶天立地一儿男

让谁暖

十月怀胎天天盼

饮食安全不停念

让谁心悦让谁暖

此生此爱天地宽

明 星 脸

生有一张明星脸

真真假假你来辨

谁是明星不用演

憨憨大笑惹人看

靠边站

爸爸知错靠边站

来个飞吻把你赞

有你督促心方安

哪能止步不往前

辛苦妈

一天更比一天大

蹒跚喘气辛苦妈

肯定有啥好办法

确保平安不用怕

难为爸

一窍不通难为爸

护花使者旁观花

无计可施把泪洒

妻儿如何回到家

小哪吒

翻江倒海小哪吒

肯定不是一般娃

黄浦江畔浪淘沙

自己卖瓜自己夸

大英豪

打个响指忙求饶

妈妈为你而骄傲

怀胎十月藏功劳

佩服宝宝是英豪

 ## 自逍遥

牛年立夏暑难消

静心养气人不老

妈妈嘘声都知晓

默默配合自逍遥

祈 祷

怀孕知识懂多少

全无经验真烦恼

为了宝宝来祈祷

成长路上不寂寥

想 要

一朵鲜花惹谁笑

妈妈拿它把你照

宝宝表示我想要

没有对手和你闹

赶 超

你的心思爸知晓

还能不把你来饶

成长路上要赶超

还得专门把你教

 你 我

剪影照片来一波

里面就有你和我

再加一人不嫌多

日子这样等闲过

停 泊

牛郎织女鹊桥泊

一年一度不错过

银河浪花一朵朵

终成眷属不寂寞

 歌 唱

鼓励加油要成双

爸爸妈妈一起上

打起响指尽情唱

心中有爱放光芒

翱　翔

克服困难往前闯

不要停留争短长

要想成功就翱翔

胜利歌声在飘扬

起 航

每个瞬间都欣赏

回味其中久难忘

人生在此要起航

心情舒畅像吃糖

心意表

这张照片为啥好

琢磨半天不知晓

稀里糊涂跟着叫

一首小诗心意表

步步高

精神面貌不用告

一看就知胜春朝

思考如何教育宝

披荆斩棘步步高

搭 档 好

爸爸不觉宝宝小

人生哲理向你道

为你开路又搭桥

我们仨人搭档好

品　味

都说千年等一回

我们慢慢品其味

人生短暂无需悔

美好生活及时催

听 见

鼠去牛来又一年

听见宝宝我心连

笑逐颜开退光寒

别有滋味一洞天

 新 图

老婆怀孕真辛苦

我在旁边来相助

诗以言志困难疏

未来可期绘新图

好心情

异想天开好心情

小熊紧跟也同行

宝宝后面想叮咛

白日做梦还未醒

大明星

到底谁才是明星

小熊正面来相迎

宝宝不愿与它争

功名让你真性情

你 最 行

一字排开有内情

轮番唱歌大家听

这场较量谁夺魁

小熊自认我最行

来一段

小熊是我好伙伴

尤克里里随心弹

我和妈妈来品鉴

要不你再来一段

让 谁 揽

大家笑得真灿烂

爸爸也很受感染

一波幽默把你侃

取名这事让谁揽

我来辩

名字不要太拗口

简单好说最方便

三言两语深入谈

千思万想我来辩

诗意生活(一)

　　诗意生活是在老婆孕期所写诗歌,记录了我当时写诗的情绪和心境。大家可以从中一探我创作诗歌的真实情境。

　　一直盼望着人生的升级,这个盼望的过程本身就充满了无数的感动。老婆想把这个过程记录下来。从复印医院的各种检查单,主动获取各类孕期信息,到调整每天的饮食作息,制订必须完成的运动量目标,加强锻炼增强体质,为新生命的诞生作充分的准备。这一点一滴的努力都让人感动。为了更好地记录这个过程,我通过照片、诗配照等多种形式鼓励母子,希望她们平平安安地度过这个美好的时期。让我们一起迎接一个健健康康的宝宝,用希望畅想未来。

诗意生活（二）

对大多数人来说，孩子都是家庭不可或缺的生活纽带。这不仅仅因为孩子是爱情的结晶，还是双方人生的见证。只有当自己快有孩子的时候，才能真正体会到父母的含辛茹苦。爸妈生了四个男孩，抚养长大三个，可是一直以来，我们从未有过一张全家福。这份遗憾一直在我内心隐隐作痛。

现在，兄弟们都长大了，也陆续成了家。每当我看到他们拍的结婚照、宝宝照、全家福时，喜悦之情溢于言表，又无限感怀。只恨爸走得早，有生之年没有看到我们长大成人，也无法体验我们的喜怒哀乐。因此，我们才要认真生活，热爱生活，勇敢生活。通过记录生活，把人生的遗憾转化为前进的动力，让他在天堂也能心满意足。

诗意生活（三）

从小到大我就喜欢看《新白娘子传奇》，已经记不得看了多少遍。只觉得每次看，都感慨赵雅芝演的白娘子真是太好看了。现在想来，我之所以觉得好看，是因为喜欢江南女子娟秀碧玉的那种美。可是你再仔细品味，柔情似水的背后隐藏着一份坚强和执着。为了爱情，为了孩子，可以赴汤蹈火，奋不顾身。这份勇气并没有肤浅地浮于表面，矫揉造作地博人眼球。我曾试图在西子湖畔寻找这样的佳人，最终却在黄浦江边收获了爱情。同样是长江的血脉，黄浦江边的感动更加淡定从容，更加内敛优雅，更加让人不可抗拒。

诗意生活（四）

　　有些感受，只有怀孕时才能体会到，老婆如是说。我猜她想说的是备孕的艰辛和怀孕的艰难，胜过知道怀上的喜悦心情吧。我们结婚两年才怀上，其间经历了无数次的折腾。老婆心理压力特别大，因为我一直渴望早点儿有个孩子，可这个希望总是一次次落空。生活的琐碎、工作的繁忙、家人的催促，再加上岁月无情的嘲讽，都快把人逼疯了。我们都对自己有了莫名的担心。在快要失去信心的时候，幸运之神眷顾了我们，没让我们在这难熬的求子路上再受煎熬。如果说这段旅程中有什么最让人难以忘怀的，莫过于我们焦虑的心情和渴盼的过程。因此当老天爷不经意间或有意为之，赐给你一个孩子，请务必呵护他。这份礼物就是人世间最值得期待的东西。

诗意生活(五)

望子成龙是每个父母的渴望,于是就有了"虎妈""狼爸"和"鸡娃"。很少有爸爸妈妈会接受自己的小孩比别人家的差,毕竟血液里流淌着自己的基因。对于这个牛宝宝,我已经作好了"放牛娃"的心理准备。只希望他像中华优秀传统文化中的牛,为人淳朴踏实,做事勤奋勇敢,秉性温和善良,善于耕耘人生。生活虽是一个"大染缸",却要从中悟出自己的生命轨迹,不人云亦云,不随波逐流,从自己的生命中品尝出世间百态的滋味。所以你要知道,虽是写你牛,并非你真牛,而是希望你靠自己牛起来。即便现实的你并不牛,照样还是爸爸妈妈的牛宝宝,在我们的心里你依然是最牛的那个人。"鼠"实不易,预告了你的到来;"牛"转乾坤,迎接属于你的精彩。

诗意生活（六）

　　在法国作家安托万·德·圣–埃克苏佩里的《小王子》一书中，小王子曾这样评价大人们："在我的生活中，我跟许多严肃的人有过很多的接触。我在大人们中间生活过很长时间。我仔细地观察过他们，但这并没有使我对他们的看法有多大的改变。"在大人们的世界里没有调皮，只有不断地索取，但是他们得到的越多反而越不快乐。大人们还想用自己的方式教育孩子、引导孩子，名曰"关爱"。因为他们也曾是孩子，也接受过更大的大人们的教育。只不过他们已经长大了，不记得这一点了。我愿意做一个孩子式的大人，把他当成我生命中的"小王子"，在参与他成长的过程中引导他，关爱他。或许，我不是教育者，反而成为受教育者呢。

诗意生活（七）

卢梭在《爱弥儿》中强调了教育的重要性："我们在出生的时候所没有的东西，我们在长大的时候所需要的东西，全都要由教育赐予我们。"准爸爸和准妈妈不仅是孩子的父母，也是他们的首任教师，要意识到养育孩子远没有完成自己的任务，教育孩子才是充满难度却意义非凡的伟大工作。这种挑战对任何父母都是史无前例的！不要把培养宝宝看得很简单，不要以为只要解决了吃喝拉撒就没问题了。貌似容易的事情其实并不容易。宝宝也有自己的性情，有自己表达需求和理解世界的方式。在成长的路上，宝宝有自己喜欢做的事情，有自己希望得到的东西，说不定他还是个小教育家呢。为人父母要善于发现宝宝的兴趣爱好，引导他把潜能充分发挥出来，乃至变为其成长中的优势，使他明白所感知的一切都会在将来呈现出它的意义。

诗意生活（八）

艾瑞克·弗洛姆在《爱的艺术》中提出："爱是一门艺术。爱的问题不仅是一个对象问题，而且是一个能力问题。如果不努力发展自己的全部人格，任何爱的试图都会失败；如果没有爱他人的能力，自己在爱的生活中也永远不会得到满足。"我和老婆当年相识相爱，也是因为先具有爱对方的能力，才最终走到一起。我们还没有和宝宝在一起生活过，当仁不让地也要具有爱他的能力，否则岂不委屈了他？宝宝本来有万千选择，没有任何犹豫，果断奔向我们，怎么也要给他多找一些玩伴，让他拥有多彩多姿的童年，这样长大以后才可能是一个有趣的人。要是他变成了千篇一律的人，我们该要多自责啊。

诗意生活（九）

　　知道老婆怀孕的消息，我就预想到今后不会太清闲了。这个被我搁置近两年的微信公众号怕是又要"重出江湖"了。果不其然，孕妈照片一拍，老婆就打起了我的主意，希望我能以孩子的日常生活为素材，做一些文字上的记录工作。可是回头一想，她和我结婚图个啥？我一穷二白，她都没有嫌弃我。她想让我写个东西，我还能推三阻四吗？显然不能！现在宝宝都快要出生了，权当给他编个爸爸如何爱妈妈的"教材"，让他今后好好学学吧。这就叫"不看僧面看佛面"。宝宝出生以后，就是家里的一员。为了宝宝能更好地成长，我愿意做这个工作。

诗意生活（十）

　　在追求老婆的所有人里，哪个不比我出身好，可她为什么偏偏就选择了我？我想，大概是因为我比较关心她吧。自从见她第一眼，我就认定她是我的"田螺姑娘"了，而我幸得一仙女，岂不心里美滋滋？虽然我们都把对方当成开心果，但我知道，她永远是红花，而我永远是绿叶，我只能心甘情愿做陪衬。日子一久，所有的打情骂俏都会化为乌有，爱情一不小心也就变成了亲情。然而这样的温情对我们而言也曾太过仓促。在我不曾拥有时，执着地爱上了你。不曾经历过恋爱，我们就走到了一起。那就让接下来的日子点缀我们的爱情，让爱的结晶像太阳灿烂每一天。

诗意生活（十一）

　　意大利新写实主义导演朱塞佩·托纳托雷曾拍出了穿越时空的永恒经典三部曲,分别是《星光伴我心》《声光伴我飞》《真爱伴我行》。可能这些名字大家比较生疏,它们还有一个耳熟能详的名字:《天堂电影院》《海上钢琴师》《西西里的美丽传说》。剧中的主人公各有各的命运,却都能引起大家的同频共振,或许就在于给荒诞不经的生活点亮了人性的温暖。《海上钢琴师》的男主角1900为了一个三等舱的乡下姑娘弹出了人生的精彩,也弹出了人生的无奈。《天堂电影院》的男主角多多爱上了银行家的女儿,却没有得到世俗的爱情,直到看着已经去世的艾费多留给他的曾被勒令剪掉的吻戏胶片,才理解了生命中所经历过的一切。《西西里的美丽传说》的女主角玛莲娜即便是被镇上所有人羞辱了,最后依然勇敢而有尊严地回到了小镇。不管是相知相爱,还是相守相伴,都不是一件容易的事情。所以我把歌声献给你,我把飞吻献给你,我把小熊献给你,为的是我们能一起克服前行路上的艰辛和坎坷。如果说以后有什么值得回忆,那就是执子之手、与子偕老的过程。

诗意生活（十二）

　　对我们来说，结婚是救赎双方的一次行动。身边有那么多的美女帅哥，可是找一个值得相爱的人却是多么不容易，更何况还要准备厮守终身，就更加不容易了。我本以为，牛郎娶到织女已经是一个美丽的传说，没想到小天使按捺不住，还要来人世间拯救我们。本来已经喘不过气来的我们，又在生活中看到了一丝丝希望。两个人的奋斗因为有你的加入，突然就变得不一样了。你侬我侬相互依靠的安慰变成了谱写生命新篇章的幸福。之前还曾感叹人生既漫长又苦短，马上就迎来了少有的如此高光的时刻。为了迎接你的到来，手忙脚乱。而你却在背后偷着乐，每一天都把成长当成一种快乐。我们的小天使，你温暖了妈妈的身体，却触动了爸爸柔软的内心。你不仅谱写了爱的故事，还让两个人的身体和三个人的心跳成为人生中最难以忘怀的美好经历。

诗意生活（十三）

如果有人问我，"谁是这个世界上最美丽的女人？"请自觉参考上述诗歌进行回答。如果你答错了，我要让你写接下来的《我们的孕期记录》；如果你答对了，我会请你看接下来的《我们的孕期记录》。俗话说得好："情人眼里出西施"，这个问题应该不难回答的。而在我看来，"西施眼里也出帅哥"。西施眼里的帅哥是谁，这个问题应该也不难回答吧。不管是谈恋爱还是过日子，都要持之以恒地把对方当成自己的西施和帅哥，当然就需要生活的勇气和一颗勇敢的心！有时候，还要放下自己的顾虑，不计后果地勇往直前。即便遭遇失败，也会在历练中有所收获。生活中如何让自己变得有趣就至关重要。我正在努力为老婆创造一片温馨的天地，这里没有功名利禄，只有我对老婆永恒的爱。那你们呢？

诗意生活(十四)

"2021年,送我一朵小红花,致敬普通的我们。"这是今年很流行的一部电影《送你一朵小红花》的广告语,这句话温暖了我们的内心。一个普通家庭为遭遇不幸而苦苦抗争,硬气地活出了人的尊严,在千千万万的普通人中激起了热烈的回响。或许,最好的期待不是虚无缥缈的梦想,而是在日常生活中有人关心。老婆给妈妈的一个电话就能让老人家乐上好一阵子。即便日子再苦,妈妈也有信心生活下去了。这样的老婆,你让我如何不爱她?古语有言:不孝有三,无后为大。我们虽不拘泥古训,却也想让小天使完整我们的人生。小天使悄然来临,让老妈看到了生活的光,也让我们活出了人生最好的姿态。我又有什么理由不爱他们呢?

诗意生活（十五）

小熊是我和老婆在日本北海道旭山动物园礼品店买来的。2019年的夏天，老婆制定了北海道10日自由行攻略。我们的第一站就是旭山动物园。这个动物园人气很高，原因就在于它独特的行动展示与生态理念。第一次看到动物也能在园内表现出活泼可爱的样子，我们都很兴奋。兴致勃勃之下，老婆买了她最喜爱的动物——北极熊的毛绒玩具。不要看它小，可是我们蜜月旅行的第一"见证人"，自然就成为我们家最受宠的一员了。小熊在尚景园、岳父母家和我们婚房都住过，最后还是喜欢和婚房的大熊在一起，于是就成为我们客厅沙发一角的主人了。时间过得真快！转眼又是2021年的夏天，小主人也快出生了。恐怕小熊早就迫不及待地期待着这一天的到来吧。

诗意生活（十六）

宝宝，爸爸问你，"你的听觉神经系统是不是已经发育好了？""你不仅能听到爸爸的声音，还特别喜欢爸爸唱歌给你听吧？"你是什么时候从一个小小的"窃听者"变成一个标准的音乐发烧友的？爸爸知道，现在的你已经不满足听妈妈心跳的声音了，对不对？你是不是更喜欢听爸爸温柔的说话声和歌声呀？爸爸一唱小曲给你听，你就兴奋的不得了。我都能从妈妈的肚皮看到鼓起来的一个小包，是不是你的小手和小脚又在活动啦？可妈妈怎么能经受住你三番五次的折腾。你看，爸爸的歌声都成了妈妈的催眠曲了。爸爸都不忍心再唱下去了。此情此景多么令人感动呀！因为你，爸爸妈妈才能享受到人生当中如此美好的时光。我们既期盼着你的到来，又迷恋着这"最后的自由"。爸爸妈妈已经很知足了。不知道你在歌声中，是否也和爸爸妈妈一样正在收获感觉与情绪的双重满足呢？

诗意生活（十七）

电视剧里经常出现一些家庭伦理剧。然而，在真实的生活世界，好像从来就没有这么容易过。为什么现实就不能像电视剧里演的那样，让每一个家庭都恩恩爱爱、和和美美、事事顺心如意呢？很多夫妻都有莫名的隐痛，那就是想要怀上一个宝宝比登天还要难。尤其是生活压力日渐增大，生活节奏愈发加快，生活质量反而越来越差，年轻人都在认真生活，想把家庭生活过成电视剧里的美好剧情。我们好不容易才怀上了宝宝，用"千呼万唤始出来"形容这个小天使，一点儿也不过分。等宝宝出生以后，如何处理亲子关系就成为摆在我们面前的头等大事，这是新手父母都要面临的问题。但我们满怀信心地迎接未来，相信我们都能成为合格的父母。

诗意生活(十八)

其实,爱妻才是制作各类甜品糕点的一把好手,我才是光吃不做的那个人。结婚之前没有发现她还身怀绝技。结婚之后才慢慢发现,她是一个热爱生活的人。她会放下一周的忙碌,利用周末做点儿喜欢的事情。制作小饼干、小蛋糕成了她乐此不疲的娱乐活动。她一做好,就让我趁热吃。她说,这样才更好吃。我一向对这些东西不感兴趣,可又不敢驳了她的面子,就假装特别好吃的样子,摆出回味无穷、还想吃的表情。她虽看出也并不说破,还假惺惺地问我,"还要不要吃?""当然要了!"我果断回答。你们说,我还能怎么回答呢。事后,我再回想一下类似的过往,依然觉得做得很对。每次我做好饭菜,爱妻都一个劲儿地说好吃,这不就是对我的鼓励嘛。虽然也确实好吃,她说的一点儿都不假。现在轮到她为我做点儿好吃的了,起码总得对等回报吧,要不也太不近人情了。小夫妻过小日子,就是围绕生活小事打转转。只要我们能从这份平凡中品出一份小确幸,就是一种不平凡吧。

诗意生活（十九）

　　我一直主张，人也要像庄稼地里的植物种子那样要长得饱满。也就是让生活中的酸甜苦辣都能成为感悟人生的养料。做一个饱满的人实属不易。大家更愿意用笑作为生活的底色，其实泪也是不可或缺的生活颜料。笑和泪共同描绘了人生的多姿多彩。有时候，泪这种色彩比笑对人成长的启发更大一些，更有意义一些。爸妈只盼儿在即将拉开的人生大幕中，敢爱敢恨过一生，用笑和泪丰满自己的生活。儿要相信，这人生的路虽然艰难，有爸妈与你相伴，你的笑和泪就是饱满的，你也终将不虚此行。

诗意生活（二十）

　　如果从读小学算起，到我博士后出站就已经在学校度过了二十三年光阴了。我时常问自己，为什么要不断地往上读，难道果真是为了改变命运？如果说这是人生始发的推动力，那么就现在来看，求学过程的收获远远大于这个出发点。在我读书的不同阶段，不仅收获了老师们无私的关爱、朋友们持久的鼓励、家人及时雨的帮助，还逐渐懂得了安身立命的一些道理。这就是，把自己的眼睛一直盯着世俗生活中的普通人群。我一直是他们中的一员，无时无刻不在感受着他们的喜怒哀乐。这也是我喜欢兰花的原因。兰花用它百折不挠的毅力对抗着严寒，成为花中刚直不阿的象征。就在我苦苦寻找的时候，一朵兰花走进了我的生活。她也在等待命中迟迟没有出现的那个人。经历过无数次的雨打风吹，我们终于等来了这一刻。没有想象中的轰轰烈烈，只有兰花对我的欣赏和赞美。而我又能做什么呢？我们的现在是无数人曾努力才达成的结果。我渴望，我们的孩子能像帮过我们的人那样善良、热情、真诚、勇敢。即便前面的征程千难万险，也会一直走下去，保持住自己的风格。

诗意生活（二十一）

　　父亲没有看到三个儿子成家立业，肯定含恨一生，这是我的猜想。他去世之时，我们还在读书，奈何天命如此，岂是人力能为？但还是给母亲留下了无尽的痛苦，给我们留下了无法言说的磨难。在风吹雨打中，这棵大树被刮倒了。没有了大树，幼苗只能自己存活。直到这一刻，我们才清醒过来。为了生活中的阳光，我们就像千千万万棵小树那样，不停地把根须深深地扎向这片土地。从某种意义上说，苦难不尽然全是痛苦，也是历练人生的一种法宝。在苦难面前，不管是心智还是本领，我们都在成长中快速获得。尤其是遇到兰花，让我这蒲公英般的生活有了着落。可她偏偏不是依靠老公的女子，有着自己的事业和追求。要是我每天不思进取，如何能获得她的理解和欣赏？原本以为，"靠谁都不如靠自己"是我们的信念，想不到兰花做得比我们更好。不由得我就对她心生敬佩，也在内心给她多了一些尊重和信任。接下来，宝宝就要开启我们全新的生活篇章了。愿兰花的美丽、善良、勇敢和自强都能在宝宝身上发扬光大。

诗意生活（二十二）

　　常听人说，夫妻之间的和谐不仅有利于家庭的稳定，还是对宝宝最好的教育。在离婚率很高的今天，如何处理夫妻关系已经被当成一种学问。当你逛书店时，就会发现不少相关书籍充斥其中，用一些心灵鸡汤和雕虫小技安慰人们的脆弱感情。可惜，这些蛊惑人心的招数对我不起作用。我一向属于实践派，只知道用行动表达我的感受。我的"打情骂俏"就是做做饭、洗洗衣服，以后还会加上管管孩子。除此之外，我还能做什么呢？不过有些书籍中谈到的一个办法，我还是觉得很实用。那就是用甜言蜜语讨人欢心，在生活中确实是很管用的一招。不过这招用在我老婆身上，是发自我内心真诚的一种表达，少了客套和伪善。我确实会如实地赞美她，那是因为她也很爱我这个人。我们都想要一个温馨的家庭，想要一个阳光的人生伴侣，还想要一个健康可爱的宝宝，所以我们会主动通过行动让家里的氛围活跃起来，让我们的关系活泼起来。最深情的方式莫过于持之以恒地示爱。这种主动既是对自我的一次次突破，又是对对方的一次次鼓励，我们何乐而不为呢？

诗意生活（二十三）

　　江南自古出美女。汉末三国时期，乔公就有二女，分别嫁给孙策和周瑜。在电视剧《三国演义》中，诸葛亮故意把曹植《铜雀台赋》中的诗词修改为"揽二乔于东南兮，乐朝夕之与共"，用激将法使周瑜下定决心与曹操一战，史称赤壁之战。时至今日，江南仍是代代有佳丽，朝朝出美人。这就要对其中的缘由一探究竟了。一种较为流行的观点认为，江南经济发达导致社会文明程度很高，女子注重仪表，也善于打扮，看上去就给人以美的感觉。还有人认为，江南女人的美跟地理气候有很大关系。在四季如春的长江流域，不仅水质好、空气优，甚至连拂面而来的风都是温柔的。在这样的环境中成长起来的女孩子，不管是外貌还是气质能不美吗？

　　上述说法我都信服，但我更愿意把我老婆的美归结到岳父岳母的身上。两位老人家就像乔公那样，不是把女儿当成换取锦衣玉食（荣华富贵生活）的砝码，而是把女儿当作有自己追求的人，给了她独立自主的成长和发展空间。我和他们的女儿第一次见面时，就感受到了一种质朴、含蓄和善良的美,时间一长更品出了一种心灵上的美。没有吉祥如意的一家人,是培养不出这样的女孩子的。因此我也相信,老婆会把宝宝培养成一个知书达礼的人,让宝宝也拥有一颗金子般的心。

诗意生活（二十四）

　　老婆的许多秘密，我是不知道的。我可能也会有一些秘密，老婆也不想一探究竟。我们之间的相处，不是什么都要搞得一清二楚，也不是什么话都一根直肠子捅到底。给对方留点儿余地，给生活留点儿空白，也就给自己留了退路。这样爱起来，才会在朦朦胧胧中有一丝丝的好感。俗语讲得好，"凡事留一线，他日好相见"。在相处的时候，我们都尽量多考虑对方的感受，觉得该说的就说，不该说的就不说，也算是一种说话的艺术吧。尤其是在她怀孕期间，当然要多说说好听的话、关心人的话、能够温暖人心的话。如果是她不想听的话，即便是真理，我也缄口不语，待日后时机成熟，我再与她理论。但这并不妨碍我们的亲密和甜蜜。虽然没有腻腻歪歪的恩爱，却多了一份从从容容的相处，使我们都能成为最了解彼此的人。人生在世，要想打动一个人不是一件容易的事。相爱一场同样也不容易，陪伴一世就更加不容易了。只有苦心经营，方能将我们的爱情进行到底。

诗意生活（二十五）

长得像明星是一种什么样的体验？今天就让我来告诉你。我在上大学（读本科）的时候，就有人说我长得像明星了。大家猜猜我像谁？估计没人能猜得到。当时的魔幻电影《哈利·波特》正在热播，我们都喜欢看。就有人说我像电影里的哈利·波特。这就是个笑话！我怎么能高攀这样的大明星呢！但确实有人说我像他。那我到底哪点像呢？估计是脸型和给人整体的感觉吧。当时的我异常瘦，以至于老婆看到我当时的照片就说，"你怎么这么瘦啊！"虽然我很瘦，但还是意气风发，显得很有气势。加上我的头发有点儿自来卷，虽戴着眼镜眼神却很锐利，给人一种文弱书生不文弱的感觉。这就是哈利·波特的气场。直到最近，老婆说她的同事发现，我的一张侧面照像韩国某位明星年轻时的样子。这个比我小一岁的男演员竟然也是处女座。可惜我没看过他的任何作品，也不知道有这么个人。不是追星一族，竟和许多人活在了不同世界。现在，很少有人说我像谁了，我也就从像谁变成更像我自己了。我希望，宝宝在成长的过程中,也和我一样,不是更像谁,而是更像自己。做好自己,就是一个顶天立地的人,当然也就对得起父母了。

诗意生活（二十六）

　　到了孕中后期，孕妈妈的肚子会越来越大，走起路来晃的幅度也会越来越大。老婆戏称自己现在就是企鹅，走起路来摇摇晃晃的，十分笨拙。这也难怪，她现在的肚子又紧又硬，走起路来肯定很困难。我多次劝说，还是少走路，多休息，安全为上。她却说，多走路能有效锻炼盆底肌的收缩力，有助于顺产。于是，老婆就给自己规定了每天的运动量，达到一万步以上方为合格。我的小乖乖，我都不能保证会达到这个要求，你是不是对自己过于苛刻了？面对一个外行弱弱地发问，老婆淡然一笑，告诉我，多走路也有利于宝宝的健康成长。宝宝在妈妈走路的过程中享受着羊水晃荡带来的快乐，有利于调整出生的姿势，准备迎接新世界的到来。加上我们宝宝的腿比较长，喜欢在妈妈肚子里动来动去，就像个小哪吒，老婆就更要加强锻炼了。虽然对她来说，散步也是一件不容易的事，老婆还是咬紧牙关坚持着。这份对待宝宝的认真态度着实让人感动。我还有什么理由不做好后勤保障工作呢？

诗意生活（二十七）

　　怀孕和养孩子永远都和教育息息相关。怀孕期间，老婆曾对我说，现在还不是我们最困难的时候。等宝宝生下来，如何教育他才是最令人头疼的事。可在我看来，她对宝宝的教育现在已经开始了。宝宝在肚子里传递着各种信号，老婆都慢慢地心领神会着。有时候，宝宝会用小脚使劲地踹她的内脏和肋骨，疼得她连连喊叫，她也只有默默忍受着。我想，他这个时候已经作好了挨打的心理准备了。宝宝现在拥有了倒立的技能，一旦开心就张牙舞爪的，一旦不开心也拳打脚踢的，搞得老婆连番诉苦。加上庞大的子宫也在挤压身体的其他器官，她时常有一种透不过气来的感觉。这时候，就需要有人专门进行保护，才能确保宝宝和妈妈的人身安全。我不在她身边时，岳父就全程陪伴，岳母也通过饮食调理精心呵护，还有她单位的同事也对老婆关爱有加，着实让我感动。已经孕后期了，老婆与宝宝相互感受着适应的奇妙。这种成长同时也是对我的教育。看来，我还要好好做功课，认真学习各种孕期知识，才能当一个合格的准爸爸。

诗意生活（二十八）

卜子夏西河设教的故事早已成为老家的一段美谈。子夏是孔子得意门生，帮助孔子整理六经。当年，32岁的子夏受晋国魏地卿大夫魏驹（又称魏桓子）及其孙魏斯的邀请，从温邑来到晋地，在龙门西河（今河津市一带）设教讲学。他常年在油灯下攻读经书，导致双目失明。可他年过七旬，也从未间断过讲学事业。到了周威烈王6年（公元前420年），87岁高龄的子夏在西河逝世，葬于准故里（今河津市东辛封村），子夏墓和子夏祠堂均位于此处。被复旦大学作为校训的"博学而笃志，切问而近思"，就是《论语》中保留的子夏名句。

作为土生土长的河津人，我从小没有在家乡听闻过子夏的大名，却是来到复旦大学求学工作以后，才开始了解子夏的学问。对我而言，子夏是把河津与复旦串起来的神奇存在，有着妙不可言的作用。子夏的功绩主要在教育，他和孔子开创了民间办学的先河。我是拥有河津籍贯的复旦人，如不重视教育，尤其是对自己孩子的教育，如何对得起这位华夏先贤？

诗意生活（二十九）

　　中国从来不缺爱情故事，尤其是带有神话色彩的悲欢离合故事。牛郎织女就是中国四大民间爱情传说之一。故事发生在大弟媳妇的老家——山西省和顺县牛郎峪、南天池村一带，讲述了穷小子如何娶到小仙女的传奇。后人有感于故事的凄美，就将牛郎织女每年农历七月初七在鹊桥上相见之日定为七夕节，以作纪念。这个传说在2008年被国务院批准列入第二批国家级非物质文化遗产名录。

　　牛郎织女的故事对我们兄弟三人非常重要，尤其对河津的大弟和和顺的弟媳来说。父亲去世后，母亲最大的心愿就是我们能早点儿结婚，过上好日子。对一般家庭可能并不难的事情，放到我们身上却异常艰难。家里没有了顶梁柱，如何引来金凤凰？只能靠自己了。这就是母亲对我们婚姻大事格外操心，不断在我们耳边叮咛的主要原因。在之后的十年，当三桩婚事陆续敲定下来，她又使出全身力气帮我们完成这人生中的头等大事。对我们来说，"愿得一人心，白首不分离"是对老婆的承诺，更是对母亲的报答。母亲希望我们在朝朝暮暮间能使两情更加长久,这便是胜却人间无数的真理。而孩子就是柔情似水的黏合剂,如梦生活的拱心石。母亲早就盼望这一天的到来,开启我们人生的新篇章。我们也希望,孩子长大以后能够明白母亲的伟大,把传承下来的这份爱也能用到母亲身上。

诗意生活（三十）

　　中国古代鲤鱼跃龙门的传说讲的就是老家——山西河津禹门口的故事。黄河之水在古耿龙门被山所挡,河水中的鲤鱼能跃过者,天火自后烧其尾,化而为龙;跃不过者,摔下来后,额头就会落下黑疤,这是黄河鲤鱼特有的印记。唐代大诗人李白还曾专门为此写诗道:"黄河三尺鲤,本在孟津居,点额不成龙,归来伴凡鱼。"

　　这个故事我从小听到大,尤其是上海美术电影制片厂在1958年制作的《小鲤鱼跃龙门》电影在我的童年中留下了深刻印象。我们这些农村娃都是鲤鱼,有多少人能跃过龙门,改变命运呢? 毫无疑问,望女成凤、望子成龙是每个家长的内心期待。可是孩子们都有自己的路要走,即便在逆流前行的过程中没有飞黄腾达,也丝毫不会失掉生命的价值和人生的意义。生活依旧在展开,依然需要奋发向上,才能有所作为。在还不知道是男孩、女孩的情况下,我和老婆都有了一丝丝的焦虑。这可能就是虚荣心在作怪。我们和所有人一样,没有任何分别,都是普通的父母,却在内心希望能有不一样的孩子。在一切尚未可知的情况下,把自己都做不到的事情强加到还在孕期的宝宝身上,是不是太不合情理了?"儿孙自有儿孙福",还是不要枉费心神空计较了。

诗意生活（三十一）

　　老家的亲戚张伯伯对老婆怀孕的事情特别关心,每天都给我们送上不一样的祝福,真的很温暖人心。这不,祝福就来了:"人海相逢真情在,心中有你更精彩;天天开心人不老,平安康健福自来。""一份缘,十分甜,清晨祝福润心田;人未见,心相连,一声问候胜千言。"张伯伯是老家农村少有的文化人,不仅知书达理,喜欢舞文弄墨,也愿意和我分享他的人生见闻。生活中有他时常点拨,我们的内心就多了一份踏实。张伯伯对宝宝极为上心,鼓励我们继续加油,迎接即将到来的胜利,对此还专门用诗鼓励:"光阴一去谁能追,犹如流水去不回;笑对人生天天乐,祝愿健康永相随。"有时候,我太沉浸于对妻儿的关注,而忽略了母亲,他就略作提醒:"江南淑女醉君心,相濡以沫百年春;乐亦思蜀时常念,莫忘聊城有娘亲。"张伯伯是我成长路上的人生导师,在我日常生活的每时每刻都对我关爱有加,我们的宝宝自然也就成为他的一份情感寄托。可宝宝和我们还不太一样,他如同初升的太阳,万丈光芒正蓄势待发。张伯伯对宝宝的寄语是:"晨起福门开,安康快乐来;只要心态好,生活充满爱。"借用张伯伯的祝福,愿宝宝从此扬帆起航,人生不虚此行。

诗意生活(三十二)

　　钱钟书夫人杨绛在《我们仨》中用哲理般的温情话语,回忆了与丈夫和女儿钱瑗的往事。往事并不如烟。他们一家三口的简单快乐和辛酸历程,正在以同样的故事发生在老百姓身上。只不过,家对于老百姓而言是一种生活家园,而对"一个人思念我们仨"的杨绛来说却是一种精神家园。杨绛的追思,我懂。我和老婆过着市井小民的俗世生活。我们只是这个生活家园的园丁,宝宝才是它真正的主人。然而只为宝宝提供物质生活,远远满足不了他成长的需要。我还要像杨绛那样,为宝宝营造一个精神家园,他才能汲取到智慧的养分。写《我们的孕期记录》就是这个精神家园的重要组成部分,以便宝宝日后也学会表达自己的情感,记录自己的生活,反思自己的人生,最后创造出自己的精神世界。这个过程也是宝宝不断长大,慢慢变老,成为一个睿智的人的轨迹。对我们而言,不管宝宝将来如何活出自己的一生,在爸爸妈妈这里始终都能感受到人性的温暖、人格的力量和世间的人情味。

诗意生活（三十三）

　　白蛇传是中国民间四大爱情故事之一，被拍成《新白娘子传奇》后，每逢假期就成为我必看的电视连续剧。我于2010年到2012年在杭州工作期间，多次参观了西湖边的雷峰塔。白娘子是虚构的人物，法海却真有其人，还是一代得道高僧，在镇江的金山寺出家修行。可老百姓就是喜欢这个虚构的爱情故事，因为它折射出中国古典爱情故事中的悲剧美。在北方，我的老家运城也曾有一段可与之媲美的爱情故事。这就是《西厢记》。它所记录的张生与崔莺莺在普救寺的爱情故事也广为流传。我虽从未去过普救寺，却早已听闻其名。2003年，在我即将参加高考之前，爸妈去了一趟普救寺，祈祷我高考能金榜题名，而我根本不知此事。待我考上大学后，他们又去还了心愿。此时，我才知道他们对我考大学这件事很上心。但我并非为了上大学而考大学，只是之前从未认真学习过，想要弥补人生的缺憾。现在回想起来，似乎冥冥之中有一种力量在不断推动我一直走下去。到了现在，宝宝也成为这股力量的参与者，让我的发展在生活层面更上一个新台阶。人生的奇妙之处就在于,事情的发展往往跟自己料想的并不一样,反而这种意料之外更耐人寻味,更让人回味无穷。宝宝即将成为这张新图的作者,希望他日后会发现在爸妈的生活后面还别有洞天。

诗意生活（三十四）

　　不知不觉又一天，唯有祝福在身边；千言万语都嫌短，小熊温暖每一天。不管是谈恋爱，还是过日子，可能最好的状态是有人一直关心着你，最甜的感觉是有人一直想念着你，最大的幸福是有人一直陪伴着你。小熊就是这样的好伙伴，不管老婆走到哪里，小熊都跟到哪里。它怕老婆寂寞了，就找着法子逗老婆开心。这不，它已经开始和我们飙歌了。到底谁才是真正的大赢家，还得一番厮杀才能见分晓。宝宝一旁看它表演，暗自好笑："小熊，你也要悠着点儿。这醋意未免也太强了吧。"小熊马上怼回去："知道我为什么喜欢争风吃醋？那是因为我在乎，不是因为我爱吃醋。"爸妈听了，相视一笑，马上就知道谁才是家里的那个活宝了。爸妈赶紧给宝宝使眼色，后者随即心领神会，语气一下子就缓和下来。"我们都觉得你唱得好听。今天的冠军就是你了。"宝宝眨着搞怪的眼神对小熊说着。"那还用说嘛！"小熊瞬间就开心起来了。这小熊不由让人心生感慨：走到一起靠颗心，茫茫人海有缘遇，宝宝小熊是知己，缘分生出一生爱。

珍惜小熊带给我们的快乐,和宝宝一起让岁月慢慢走,情谊深深留,牵挂时时在,好运天天有。

诗意生活（三十五）

宝宝这么活跃，我们现在就感受到他身上散发出来的阳光灿烂气息了，可如何给他取个好名字着实让人头疼。父母没文化吧，要是起的名字不好听，必遭人耻笑；父母有学历吧，如果取的名字也不好听，更加受人非议。这段时间，为了这个事情，母亲已经焦头烂额，张伯伯还在一旁"煽风点火"。

我之前就想好一个名字，若是男孩，就取名任崧泽，主要理由如下：第一，父母双方姓氏（任和宋）暗含其中，表示不忘祖宗之意。第二，"泽"字取宝宝这一辈分的字，从大弟儿子任泽恺、小弟儿子任逸泽，有弟从兄、兄谦弟恭之意。第三，崧泽文化乃上海文化之根，寓意宝宝作为上海人要秉承和弘扬上海文化。第四，崧乃大山高峰，泽乃滋养丰润，上海缺少大山高峰，宝宝取名"崧泽"寓意上海的"大山高峰"。第五，"崧"暗含大地之意，寓意宝宝以后要顶天立地、出人头地。第六，宝宝夏天出生，"泽"字带水，取天时之意。这样就包含了天时、地利、人和这三重含义。

可惜母亲和张伯伯都觉得这个名字不行。那他们就要另想办法了。张伯伯主张用"乾"这个字,而母亲主张用"薪"这个字,或其他带草字头的字。她的解释是,牛年的宝宝不能缺水少草,一定要丰衣足食才行。那就由奶奶代劳给宝宝取个名字吧。至于我和老婆,没有任何意见或想法。

后　记

对于文学这一爱好，我一直有些偏执。

从大学本科时期开始，我就不满足于阅读文学作品，而是尝试着进行文学写作。我把自以为好的作品拿去投稿，结果可想而知，就是一次又一次杳无音信。

按照常理推测，我应该浅尝辄止，就此罢休，不要再动这方面的歪脑筋了。自己不是这根"葱"，既然把玩过了，就要果断放手。这样做，既不会丢人现眼，又不会遭人耻笑。可是我硬要把自己当成那根"葱"，非要把自己的文字搬到众人面前，搬上大雅之堂。这不是妄自尊大，还能是什么？！

这么多年过去了，我竟然从未统计自己到底写过多少随笔。我遵循"爱写什么，就写什么"的原则，随心所欲地写。写了散文，写了诗歌，写了杂文，还写了小说。人要是真把自己当成一回事了，可是会吓着别人的。

我一边写，一边把自己一个字一个字写出来的文章在网络上公开出来。刚开始压根儿没有什么人关注，也引不起别人的一丁点儿注意。这份失落，无异于又一次打击。

虽然如此，我还是继续写了下去，一段时间不写，就情绪不佳，感觉整个人都神情恍惚。再这样下去，搞不好就骨瘦如柴，一命呜呼了。看来，还得硬着头皮"厚颜无耻"地继续写下去。

靠这个"精神鸦片"而活，是我的特殊怪癖。我有这个认识，也是事后才感悟到的。

刚开始，简单的文字涂鸦纯粹只是一个爱好，连文学都谈不上。我只觉得写着好玩，权当调剂生活的一味药。可是当看过王小波的《一只特立独行的猪》，我才意识到，人要活出属于自己的独特性，是很难的一件事。然而就是这种独特性，才为每个人提供了安身立命的根本。在千篇一律的人群中，我是不是一个独特的人？能否在格式化的人群中间，仅凭别人的一种直觉，马上就被感知出不一样的地方来？这引起了我的反思……

于是，我一直思考，一直写。

这些年来，一不小心就写了这么多字。这些字既是我引以为傲的精神财富，又是让我倍感压力的精神负担。在我成长的关键阶段，本应把有限的精力投入到学业和工作当中，可这些文字"浪费"了我太多的时间，注入我太多的情感，以至于我产生了一种执念，就是一定要给它们找到一个好的归宿。只有这样，才能既对得起它们，又对得起我自己。

它们既见证了我的青春，温暖了我的情感；又"消耗"了我的精力，"耽误"了我的正业。我对这些文字又爱又恨，简直不知道该如何处理。于是，就在对这些年写作的总结中想到，该是与它们以另一种方式相处的时候了。

以什么样的形式"告别"，这对我而言是一个极大的挑战。

要是告别得随意了，就是对这些文字的不负责任，也是不尊重过去的自己;要是告别得隆重了,显得自己有些轻浮,还以为自己真有几斤几两,闹成笑话,那可就成为别人茶余饭后的谈资了。

可是,我有这个隆重告别的本事吗?答案是显而易见的!这让我头疼得不行。要是本领强,早就为它们寻觅到好的去处了,还用得着年复一年的苦恼吗?

我该如何放下这份割舍不掉的情感呢?经过一番思来想去,还是觉得要简单一些,同时也正式一些。只有正式对待它们,才能真正赋予它们另一种生命和另一种意义。也只有正式告别过去,我才能真正开始新的未来。于是,就有了呈现在大家面前的这套丛书。

这套丛书比起正规的文学作品,无疑会显得幼嫩、质朴。但这套丛书耗费了我数年的心血,表达了我对待这个世界的真情实感,是我看待人生的独特视角,因此它绝对是原创性质的作品。

可以说,这套丛书的独特之处就在于:

第一,这套丛书属于原创性质的校园文学作品。校园文学是校园文化建设和校园文明创建活动的重要组成部分。这套丛书讲述了一个普通的年轻学子如何通过求学阶段的所思所想、所感所悟,成长为一个向往真理、追求理想、获得思想的年轻教师。因此,从加强校园文化建设和营造文明校园的角度来看,这套丛书可以作为加强高校校园文化建设的重要抓手,成为建设文明校园和解读校园文化生活的重要读物。

第二,这套丛书可以作为高校青年大学生成才的育人载体,成为培养青年教师、助力青年教师成长的重要途径。青年兴则国家兴,青年强则国家强。青年一代要有理想、有本领、有担当,中国才会有前途,中华民族才会有希望。全社会只有关心和爱护青年,为他们实现人生价值创造机会、搭建舞台,广大青年才能更好地坚定理想信念。这当然也要求当代青年志存高远,脚踏实地,勇做时代的弄潮儿,在实现人生价值的生动实践中放飞青春梦想,在为推进全人类文明进步的不懈奋斗中书写人生的华章。青年在发展中既有机遇,也有挑战。这表明,青年施展才干的舞台非常广阔,实现梦想的前景并不遥远。这套丛书愿意以文字形式做青年的知心人、热心人、引路人,让青年怀抱梦想又脚踏实地,敢想敢为又稳扎稳打。我作为从事高校通识教育和研究工作的青年教师,通过出版反映青年教师成长成才的读物,希望能给那些和我一样渴望得到成长的人提供一个现实参照。

第三,我在高校里从事"思想道德修养与法律基础""社会主义核心价值观""马克思主义基本原理"等课程的教学和研究工作。这套丛书是否可以作为这些通识教育课程的教辅、教参读物,乃至成为新时代公民道德建设的一个重要读物,为全社会的求真、向善、审美发出萤火之光,还请大家尽情指教。我一定会根据大家的反馈,优化今后的日常工作,争取把教书育人的事业做得更好。若是这套丛书能把通识教育所要求的培养"四有新人"案例化、生活化、生动化,把显性的道德要求隐性融入学子日常生活的体悟当中,帮助高校学子树立信心、坚定理想、把握人生、健康成长,就真的太好了。

第四,这套丛书自带启蒙的性质,旨在从通识教育和思想启蒙这两个立足点发力,实现立德树人的目的。每个人都是先明白事理,才去做正确的事情。教育的目的,就是尽量使越来越多的人能够明白事理,摆脱愚昧和迷信,这就是教育的启蒙作用。这套丛书展现了我在求学的过程中,如何用理性之光驱散笼罩在身上的愚昧和黑暗,如何用爱克服人生中的挫折和生活中的苦难,如何用思想充实贫瘠的生活,如何用理想照亮迷茫的命运。可以说,这套丛书为我的未来作了情感和思想上的准备。我真心期盼,这套丛书也能照亮千千万万的学子,为这个大千世界增添一份属于我的温暖。

我还想说的是,呈现在大家面前的这套丛书,凝结了许多人的汗水。在此,感谢上海大学陈新汉教授、复旦大学肖巍教授、上海大学校报退休职工王怡老师和许昭诺老师、感谢岳父宋贤杰教授和岳母罗君逸女士,以及爱妻宋敏思女士,感谢天津人民出版社的编辑王佳欢女士。没有你们的辛勤付出,想要出版这套丛书只会遥遥无期。

最后,谨以这套丛书作为礼物,送给我的儿子任薪泽。愿他在成长的路上,能够勇敢地闯出一片自己的天地!

任帅军

2025 年春

写于上海市杨浦区兰花教师公寓南区